日本人
也不知道的日本語(3)

敬語、人物對話、書信書寫、文化歷史……
學會連日本人都會對你說「讚」的正確日語

蛇蔵＆海野凪子

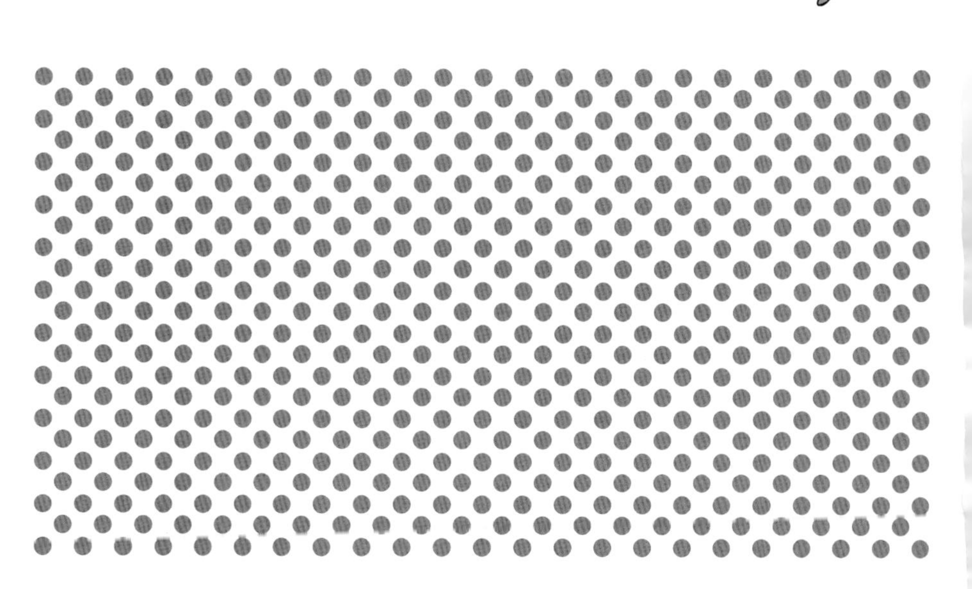

【序言】

我們平常交談使用的日本語，
或以為理所當然的日本風俗習慣、事物，
有些是許久以前流傳下來的，
也有些是隨著時間變遷形成的。

然而這些我們覺得「理所當然」而不以為意的事物，
透過正在學習日本語的外國人看來，
或許又會有另一種的新發現。

登場人物介紹

凪子老師

至今還努力奮戰
於與學生問答的
日本語老師。

>>> 主要的外國學生

安東尼歐

為了學習佛教而來到日本，
卻喜歡搭訕美女的義大利人。

趙同學

單戀黛安娜的中國人。

黛安娜

俄羅斯人，
男同學愛慕的對象。

>>> 主要的朋友們

克菈菈

能講多國語言的
德國人才女。

卡翠琳

凪子老師的同事，
超感性且衝動。

蛇蔵

負責本書的漫畫。

序言——〇〇二

【第1章】日本語學校的裡面與外面——〇〇七
●頭昏腦脹的每一天——〇〇八　●各國的聖誕節——〇一二
挑戰看看！①日本語測驗——〇一七
日本語的題外話①感受季節的方式——〇一八

【第2章】出乎意外不好表達的「簡單的說話方式」——〇二一
●讓外國人更容易聽懂的日本語（前篇）——〇二二
●讓外國人更容易聽懂的日本語（後篇）——〇二六
挑戰看看！②日本語測驗——〇三一
日本語的題外話②「いっぱい」不僅只是「たくさん」——〇三二

【第3章】敬語與禮儀的練習——〇三五
●容易出錯的敬語——〇三六　●面試的禮儀——〇四〇
挑戰看看！③日本語測驗——〇四五
日本語的題外話③「狗狗是男生嗎？」——〇四六

【第4章】傳播歡笑——〇四九
●外國人看落語——〇五〇　●如果是從落語學習日本語——〇五七
挑戰看看！④日本語測驗——〇五九
日本語的題外話④令人在意的ヤ行與ワ行的「エ」——〇六〇
凪子老師的「記住了會（也許）有幫助的日本事物」①——〇六三

【第5章】書寫的種種 —— 〇六五
●試著以日本語書寫 —— 〇六六 ●信的書寫格式 —— 〇七〇
挑戰看看！⑤日本語測驗 —— 〇七五
日本語的題外話⑤「國字」的逸話 —— 〇七六

【第6章】相異的趣味 —— 〇七九
●用手指數數 —— 〇八〇 ●這個該怎麼讀呢？ —— 〇八四
挑戰看看！⑥日本語測驗 —— 〇八九
日本語的題外話⑥漢字有很多「讀音」的理由 —— 〇九〇

【第7章】角色人物與詞彙 —— 〇九三
●之後的趙同學與黛安娜 —— 〇九四 ●近朱者赤 —— 〇九五
●特定人物的遣詞用句之謎 —— 〇九八
挑戰看看！⑦日本語測驗 —— 一〇三
日本語的題外話⑦變遷中的「語言」 —— 一〇四

【第8章】令人不忍離去的國家 —— 一〇七
●最喜歡日本的什麼 —— 一〇八 ●危機到來 —— 一一三
挑戰看看！⑧日本語測驗 —— 一一七
日本語的題外話⑧麻煩棘手的「羅馬字」 —— 一一八
瓜子老師的「記住了會（也許）有幫助的日本事物」② —— 一二一

【第9章】離別的季節 —— 一二三

●是近還是遠 —— 一二四　●日本的歌曲 —— 一二六　●畢業 —— 一二八

挑戰看看！⑨日本語測驗 —— 一三五

日本語的題外話⑨ア是朝日的ア！ —— 一三六

凪子老師的「記住了會（也許）有幫助的日本事物」③ —— 一三九

【第10章】之後 —— 一四一

●一直在意的事 —— 一四二　●之後的活躍發展 —— 一四三

●然後 —— 一四四

挑戰看看！⑩日本語測驗 —— 一四七

日本語的題外話⑩敬意遞減的法則 —— 一四八

【第11章】番外篇 —— 一五一

●開始的開端 —— 一五二

參考文獻 —— 一五四

後記 —— 一五六

第1章 日本語學校的裡面與外面

頭昏腦脹的每一天

※悪（わる）い，是不好、糟的或不舒服的意思，但拿來形容頭（あたま）時，則是笨的意思，而不是不舒服

漢字的筆畫順序日本與中國有不同嗎？
有些也許是不同的
例如「必」這個字你會怎麼寫呢？
這樣寫
必
但是在日本現在很多人學的是這個順序
不過，世代不同學習到的筆畫順序也不盡相同
除此之外日本的「右」與「左」下筆的順序也不一樣但在中國都一樣吧？
右
左
兩者一開始都是先寫橫線啊！
那我是不是一定得記住日本的筆畫順序呢？
我想比起筆畫順序學會寫日本的漢字比較重要喔
「地下鉄に乗った」
你看這份報告又不小心寫了中國字
啊

因為漢字不同，要記住不容易
但是這樣不是更有趣嗎？
啊老師
我有問題!!
凪子老師現在
気持ち悪いです!!（很噁心）
這時應該說「気分が悪い（身體不舒服）」才對啊
啊
沒關係嗎？
只是有點頭痛 謝謝你們為我擔心
什麼──「右」與「左」的筆畫順序不一樣
不過瑪麗亞妳把「左」寫成了「[illegible]」，得先改正過來啊
與學生交談間，不知不覺頭痛就好多了
講師室

咦
凪子老師
妳還好吧？
不知為什麼
學生們都在說
妳說自己今天
「頭がおかしい
（頭腦不正常）」

某一天
決定剪掉頭髮
轉換心情
再繼續努力!!
啊
老師
頭!!
いかれましたか
（發瘋了嗎）
嚇
應該說「髪を切りに
いかれましたか
（去剪頭髮了嗎）」吧
我很好

各國的聖誕節

既然是彩色頁，那就來說些多采多姿的話題吧
提到聖誕節就想到聖誕夜的聖誕老公公
由於是國外傳來的節日
就以為那是世界通行無阻的聖誕節印象可就大錯特錯了
在美國的確是那樣
但在英國名稱就不一樣
不是「サンタクロース（Santa Claus）」而是「ファーザークリスマス（Father Christmas）」
而且衣服是綠色的
傳統上是綠色　最近多是紅色
在義大利聖誕節一直持續到1月6日
傳說1月5日的晚上，巫婆會為乖孩子送來餅乾糖果，壞孩子則得到石炭
主要活動在12月25日舉行
據說巫婆回去時會順便把聖誕節的裝飾帶走

▲ 克菈菈（蛇藏與凪子的朋友，是德國人）

也有傳說說聖誕老公公是雙胞胎，所以有一個是專門給予懲罰的

※work sharing，日本為減少失業人口所提出的雇用制度，即減少單一員工的工作時數，以雇用更多員工

【坦率的感想】

義大利人
安東尼歐擅於
讚美女人

嚇

とてもかわいそうな
人ですね!!
（多麼可憐的人啊!!）

以為與
「おもしろい
（有趣的）」
←
「おもしろそう
（看似有趣的）」的
變化一致，結果變
成了「かわいい
（可愛的）」
←
「かわいそう
（可憐的）」

應該是
「かわい
らしい人」
才對

【和洋折中】

折中（折衷）：綜合相異的兩方或多方，與中國無關

EXAMS 01 >>>

挑戰看看！日本語測驗

日本的雜節

以平假名寫出下列詞彙的讀法。

1) 節分　2) 彼岸　3) 八十八夜

4) 半夏生　5) 二百十日

解答 >>>

1) 節分（せつぶん）：立春、立夏、立秋、立冬的前一天，是季節變化的分際（現在僅指春季時）。

2) 彼岸（ひがん）：以春分、秋分為基準的前後七天期間。
此外，在其前後的戊之日則稱為社日（社日〔しゃにち・しゃじつ〕：祭祀土地神，春季時祈求豐收、秋季時感謝收穫）。在彼岸的七天期間所舉行的「彼岸会（ひがんえ）」，是平安時代流傳下來的佛教儀式。

3) 八十八夜（はちじゅうはちや）：從立春算起的第八十八天，是播種的時期。
現在的5月2日左右。

4) 半夏生（はんげしょう）：從夏至算起的第十一天。梅雨季結束、也是插秧的尾聲。
現在的7月2日左右。

5) 二百十日（にひゃくとおか）：從立春算起的第兩百一十天。是最多颱風來襲的時期，也是稻子的開花期，農家視為厄日，需提心警戒。現在的9月1日左右。

【何謂雜節（ざっせつ）？】
在日曆或月曆中，尤其是舊曆，為反映出季節變遷而標示出的日期總稱。
除了上述以外，還有
- 入梅（にゅうばい）：進入梅雨季的日子（現在的6月10日左右）。
- 土用（どよう）：原指立春、立夏、立秋、立冬的前十八天，現在僅指夏季時。夏天的土用丑日※（夏の土用の丑(うし)の日(ひ)），據說要吃鰻魚才不會中暑。

※夏季的土用剛好逢丑日，故稱土用丑日。

感受季節的方式

有些國家四季分明，也有些國家並非如此，日本則屬於四季分明的國家。不知是否因為這個緣故，與其他國家相較起來，日本人似乎對於季節的變遷更為敏感。

例如，春天的賞花。不僅櫻花開花這件事會變成新聞，報紙上也刊載了賞花的預測日。有時直到花季，才發現街上處處都有櫻花樹。學生們也說：「櫻花真是漂亮，不過連報紙都會報導，還真令人大吃一驚啊。」看來每天有媒體報導花況的情形，也許僅止於日本吧。

此外，在夏季尾聲若聽到蟲鳴，就會知道「啊，夏天快結束了」，頓時升起了落寞情懷。每年我家都會收到朋友送的鈴蟲，學生聽到這件事無不表示震驚或噁心。

「為什麼要養蟲呢？是活的吧？」（難道標本就比較好嗎？）

「鈴蟲的叫聲很好聽，就是為了欣賞牠的叫聲。而且牠又以秋天的昆蟲而聞名啊。」

「但還是蟲吧？」

換做其他昆蟲，我的確也不想養（雖然也有人飼養獨角仙或鍬形蟲）。如此說來，在家裡「養蟲」確實是有些怪異。不過，聽到鈴蟲發出「鈴——鈴——」的鳴叫聲，還是感覺「挺風雅」的啊。

此外，似乎每個月都會遇到類似新年、節分、女兒節等這些可以感受到季節的節慶，即使看似毫無節慶可言的六月，也有個「梅雨」來作伴（雖不算是什麼節慶活動）。

當然還有情人節、萬聖節或聖誕節等許多來自國外的節慶。基督教徒的學生經常問：「在日本，為什麼聖誕節這麼受歡迎？但是基督教徒卻又那麼少？」我想，對凡事皆能聯想到「季節」的日本人來說，一年中的節慶當然是愈多愈好了。而且那些節日的迷人之處，還不就是因為可以收到（或是送人）禮物或點心！縱使不明白節慶的意義，但節慶所帶來的樂趣，日後或許也會有增無減吧。

德國人來到日本才知道的

年輪蛋糕

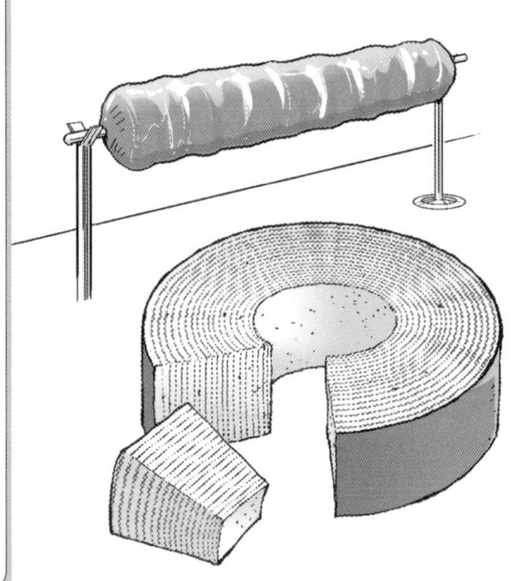

這是舊東德的地方鄉村蛋糕
在德國並不普遍

第2章

出乎意外不好表達的「簡單的說話方式」

讓外國人更容易聽懂的日本語（前篇）

那麼
請到這來
是外國人!!
感覺有點棘手
若是老師一起
就比較
安心了
呼
凪子老師
妳還要上課吧
我剛好沒課!!
謝謝
那拜託妳了!!
喔—咿—
喔—咿—
老師
請幫我問
一下症狀
好的!!
爽快
妳哪裡痛啊?
肚…
肚子痛
什麼——
是日本語
然後
抵達醫院

那麼
就拜託您翻譯了
好的
爽快
哪兒不舒服啊？
日本語
哪裡痛？
嗯？
……自己覺得是什麼所引起的？
日本語
黛安娜早上吃了什麼呢？
請等一下 這位小姐可以用日本語溝通嗎？
可以啊
那麼就不需要透過您了
由我直接來問診
但是
哪兒不舒服啊？
？

聽說您腹痛啊，知道是什麼所引起的嗎？
？
？
完全無法溝通
……老師果然
還是要拜託您翻譯了
看起來像是急性腸胃炎得檢查看看
好的
得意
黛安娜昨天吃了不好的東西
所以才會肚子痛
老師!!謝謝您～～!!
我果然派上用場
為何會發生上述的情況呢？
「外國人更容易聽懂的日本語」又是什麼呢？

讓外國人更容易聽懂的日本語（後篇）

若不小心使用了尚未學過的詞彙

さて・・授業を始めます（接下來，開始上課）

老師!!

什麼是「さて」？

しまった!!（完了）

在學生的提問中我早練就一身功夫

何が閉まったんですか（什麼關起來了？）

※「しまった」音同「閉まった」

接下來

即使不是日本語老師
想要立刻學會
「讓外國人更容易聽懂的日本語」的訣竅就是

儘管每個外國人的狀況不盡相同，但不妨先假設是在學校學習日本語、擁有初～中級程度

① 使用「です」「ます」的句型

ここをグッと押せばいいのよ（使勁按這裡就可以了呦）

？

ここを押します（按這裡）

是！

② 不使用漢語而使用和語

漢語（音讀的詞彙）
腹痛 ↓ お腹が痛い（肚子痛）
朝食 ↓ 朝ごはん（早餐）
和語（訓讀的詞彙）

漢語有許多發音相同意思不同的詞彙光憑聽難以理解

少使用外來語對方也較容易聽懂

③ 不使用太過禮貌的敬語
恐れ入りますがお名前をご記入頂けますか（萬分不好意思，可否請您填入大名）
？
お名前を書いて下さい（請寫下名字）
好的
只要心存敬意其實就不至於失禮
④ 句子必須簡短
場所が変わったのであとで地図を渡したいんですけど今日って何時までいますか（由於更換了地點，稍後想拿地圖給妳，不知道妳今天會待到幾點呢？）
不好意思再講一次
場所が変わりましたあとで地図を渡します今日は何時までいますか
（地點變了。之後拿地圖給妳。今天待到幾點？）
五點!!

還有其他要補充的嗎？
並不是「外國人＝不懂日本語的人」如果外國人說的是日本語，也請以日本語回答
お初にお目にかかりますジャックと申します（初次晤面，我是傑克）
I—…
I am Tanaka
傑克經常遇到的狀況↑

※日本語中無意義的發語詞

【天真的疑問】

【簡略語】

あらかた（粗方（あらかた））：大概、幾乎

EXAMS 02 >>>

挑戰看看！日本語測驗

物品的名稱

1～3是經常出現於日本便當內的物品，請回答其名稱。

1)

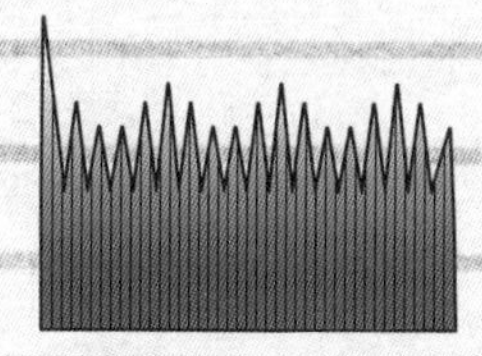

2)

3)

解答 >>>

1)バラン：人造葉蘭。最近也出現矽膠材質的，真是環保啊！
2)ピック：小叉。也有國旗或卡通人物的造型，款式多樣化。
3)タレビン：醬料瓶。無論是魚形或其他形狀，都稱做タレビン。

「いっぱい」不僅只是「たくさん」

相同讀法（音讀）、不同漢字，例如「私立、市立（シリツ）」，稱為「同音異義語」。而相同讀法（訓讀）、不同漢字，例如「熱い（燙的）、暑い（熱的）、厚い（厚的）」，則為「同訓異字（異字同訓）」。

若聽到：「『柿』を買ってきて（去買柿子回來）。」我想買錯為「牡蠣（與『柿』同為かき）」的應該不只有外國人吧，畢竟就連日本人有時也難以區分清楚。同音語這麼多，其中一個理由也就是日本語的音較少的緣故。

此外，有些詞彙放在一起使用，反而會變成其他特別含意的詞彙。不過，有時是學生提問，我才意識到。

某次學生問道：「老師，『いっぱい』除了『たくさん』（很多）的意思之外，還有其他的嗎？」我說：「還可以當作裝在杯子裡的飲料等的單位（一杯），你看到的是什麼呢？」結果他回答：「『これはいっぱい食わされた』，有

這樣的說法嗎？」」對照前後文，才發現原來是「被騙了」的意思，看來學生以為是「被強迫吃下許多什麼東西」。答案出乎學生意料之外，也讓我察覺到，一等於一的解釋說明並不是非常恰當。

還有，「いっぱい」若不留心使用，也會引來憤怒。

那是學生A來日本後初次打工時發生的事。當時由於受到店長與其他員工的照顧，所以A很慶幸自己能在那裡工作。有一次我看到A垂頭喪氣，問他怎麼了，A難過地說：「不久之後店鋪就要關門，快要無法再繼續工作了。」原來他打工的店經營不善，決定月底就要關門大吉。

我安慰他：「そうですか、今月いっぱいですね。最後までがんばって働いてください（原來是這樣啊，只到月底了，那就努力工作到最後吧）。」沒想到A生氣地回答說：「いっぱいじゃない！あと少し！（不是整個月！只剩下幾天！）」（日本語的今月いっぱい不是整個月，而是這個月月底的意思。）

所以身為日本語教師，無時無刻都不能掉以輕心啊。

法國人來到日本才知道的

蟬

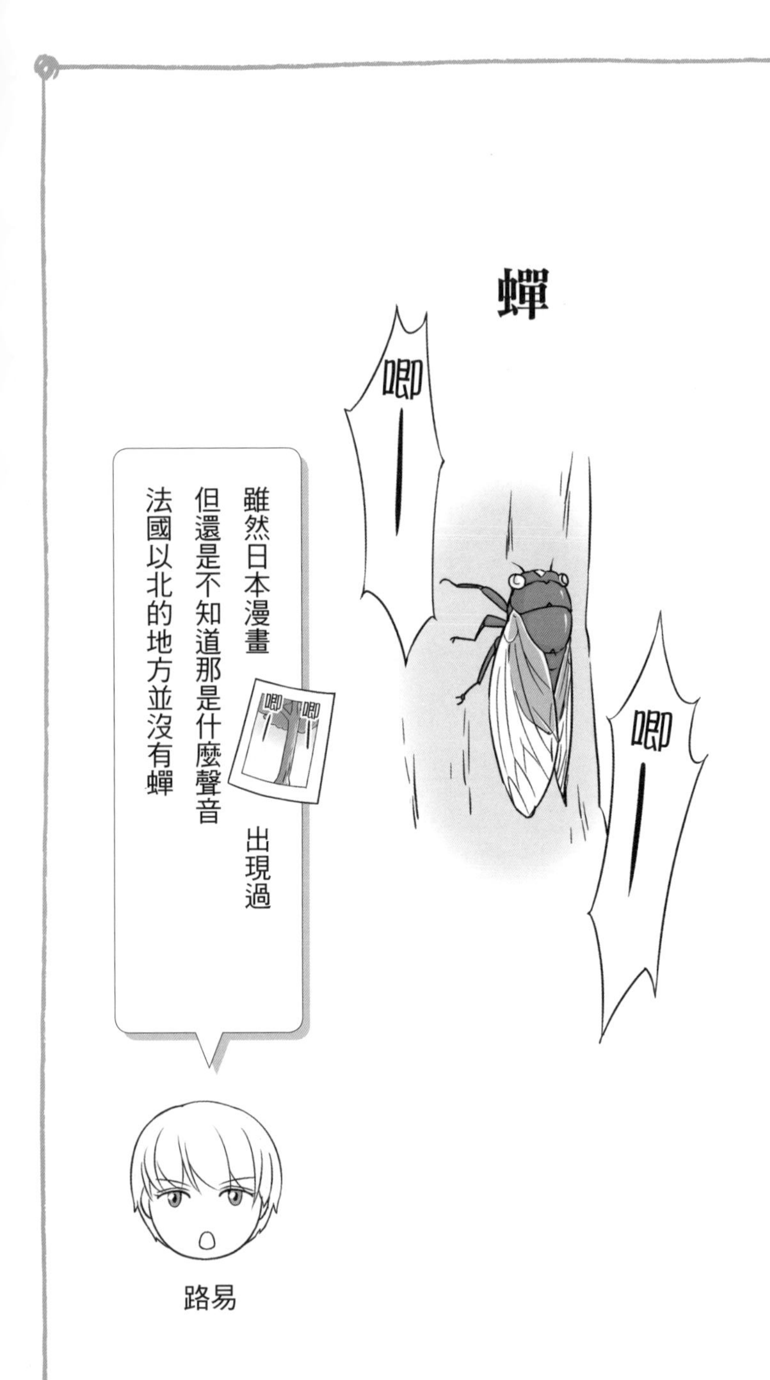

第3章 敬語與禮儀的練習

容易出錯的敬語

就連日本人也容易出錯的「謙譲語」，日本語學校究竟是如何教的呢？
藉由「自分を低める（降低自己）」表達敬意的說話方式就是謙譲語
上面的人
自己
上面的人……死去的祖父……？
所謂的「上面」並不是指天國
STEP1
動詞的丁寧語「——ます」變成「お——します」就是謙譲語
届けます ← お届けします
持ちます ← お持ちします
那不是加「お」而是加「ご」的詞彙呢？
就變成「ご——します」
連絡します ← ご連絡します

尊敬語	丁寧語	謙譲語
いらっしゃいます	行きます・来ます	参ります・伺います
いらっしゃいます	います	おります
ご覧になります	見ます	拝見します
おっしゃいます	言います	申します
召し上がります	食べます・飲みます	いただきます
お聞きになります	聞きます	伺います
なさいます	します	いたします
ご存知です	知っています	存じております

要好好記住這個對照表

還有像是「拝見されましたか」「そちらで伺って下さい」

「ご覧になりましたか」「そちらでお聞きになって下さい」才正確

這類尊敬語與謙譲語混用所造成的錯誤也不在少數

又如「お忘れものをいたしませんように」也是錯誤的

正確是「お忘れものをなさいませんように」

※第I類動詞的使役形原是「（あ段）＋せる」，但現在年輕人喜歡加入「さ」，誤用為「（あ段）＋させる」

但是……有時真的覺得麻煩透了
會覺得「什麼敬語嘛乾脆廢止算了!!」
再說最重要的是尊重對方的心啊
妳說不是嗎？
蛇藏小姐
您用漫畫把重點歸納得真是巧妙啊
話說
使用敬語＝尊敬的心
但不僅是如此啊
有時也會為了與對方保持距離而使用
不是嗎？
如果親密的人說起話來突然特別禮貌
也許您就該懷疑他是生氣了呢
還是想分手了
以敬語的「今まで(いま)ありがとうございました（長久以來謝謝您了）」簡訊和男朋友分手的人
從未在學生面前出現過的
黑暗凪子老師降臨中
啊啊
啊啊
實在太恐怖了
拜託您
請不要這麼禮貌說話了
開玩笑的啦

我覺得敬語
可以讓語言
表現更為豐富
只要能正確使用
就沒問題

面試的禮儀

我也教學生
為了升學或就業
參加面試時
必要的禮儀
進去前
要先敲門
等到對方說
「どうぞ（請進）」
才可以進去
大略說明過後
咚
咚
咚
開始實際
演練看看
咚
咚咚咚
咚
咚
咚
太多次了
太多了
敲三次門
就好
重新來過
叩
叩
叩
請進
おじゃまします
（打擾了）
你以為到
別人家嗎

還有其他錯誤例子

穿著外套

進入玄關之前
就應該脫外套啊

反手關門

正確是
以右手
打開門後
換成左手
扶住手把
把門關上

那是進入
和室時的
致意!!

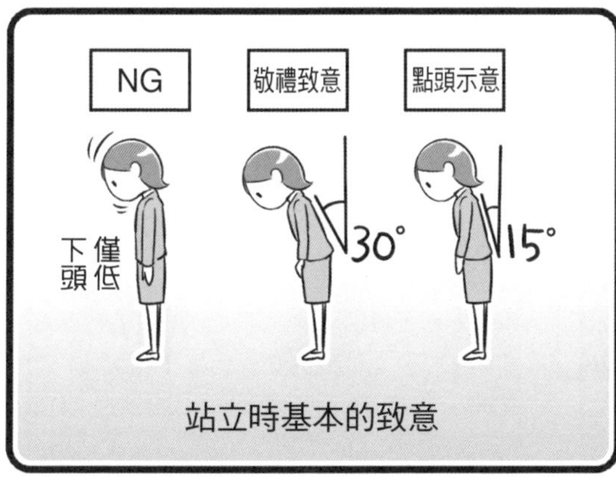
點頭示意
15°
敬禮致意
30°
NG
僅低下頭
站立時基本的致意

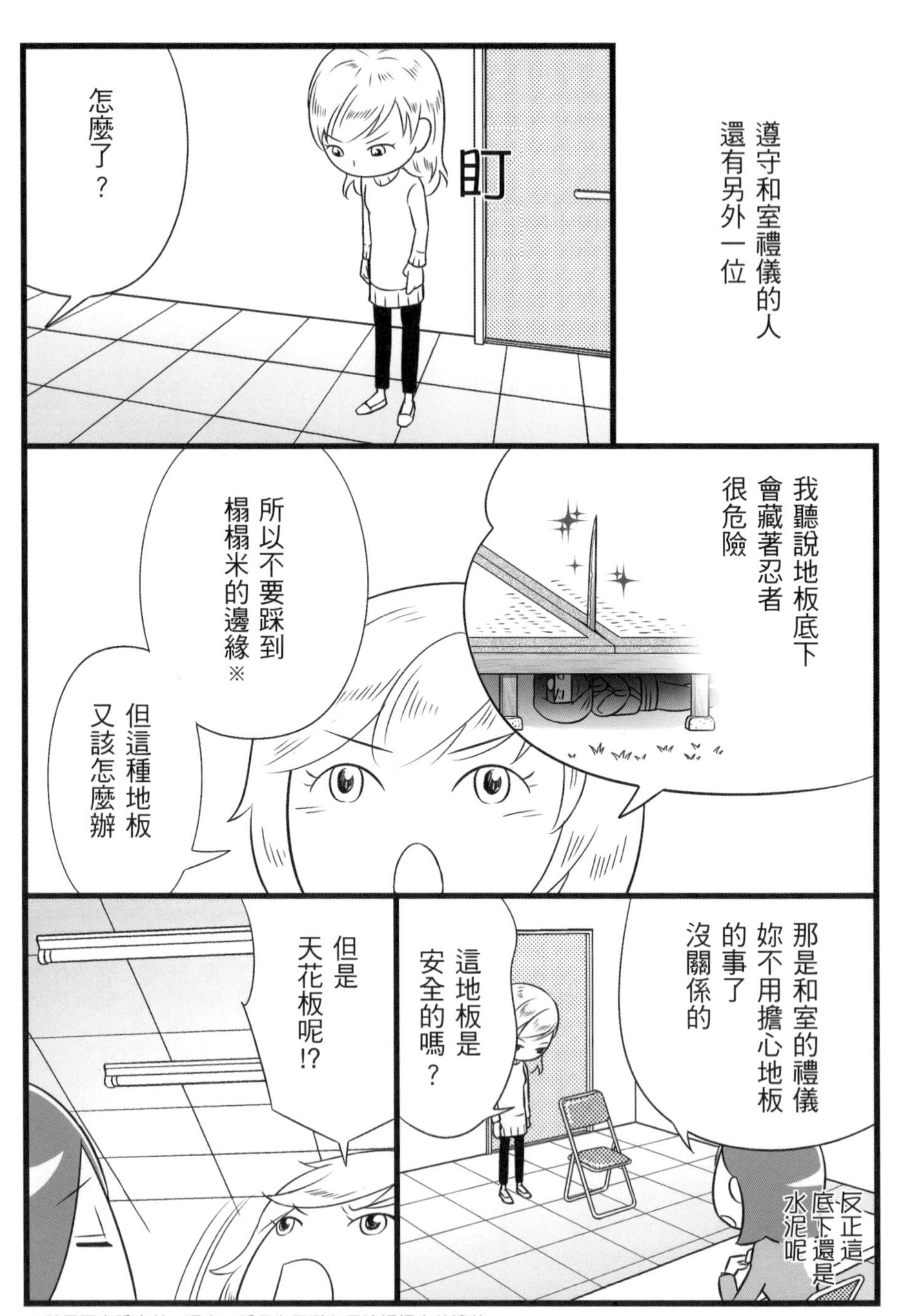

※除了忍者說之外，還有一說是為了避免弄壞榻榻米的邊緣

也練習了提問對答
畢業後打算做什麼呢？
經常出現的回答
我想成為日本與祖國的橋梁
郭同學的回答
畢業後呢？
我想成為社長
那是什麼樣的公司呢？
老師您覺得什麼樣的公司比較好呢？
這個應該問我嗎!?
教導雖是我的工作
但有些事是無法教的啊
那就要你自己去思考了

【請允許我】

さわっていいですか？
（我可以碰嗎？）

吸吸

？

咦

看來是想說
「すわっていいですか
（我可以坐嗎？）」

【謙虛的精神】

EXAMS 03 >>>

挑戰看看！日本語測驗

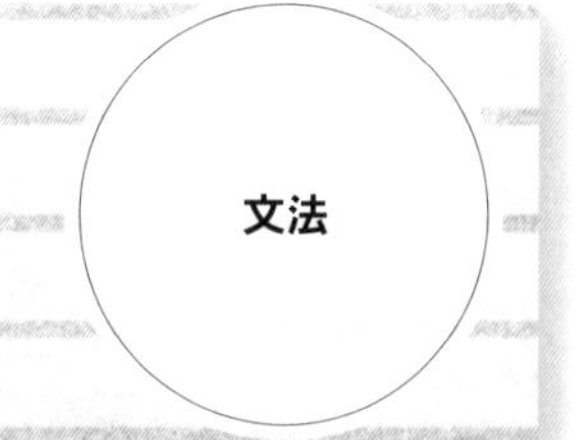

從a～c中選出適當詞彙填入下列句子的（　）裡。

1)（選挙で）こんなに票が入っているのだから、（　）落選はあるまい。

a もしも　b よもや　c なぜか

2) 彼はとても落ち着いていて（　）動じる様子は見せなかった。

a いささかも　b なにかと　c たぶんに

3) 今度という今度は（　）この仕事がいやになった。

a みすみす　b つくづく　c むやみに

解答 >>>

1) b よもや：（用於否定句）いくらなんでも。
推測某個狀況幾乎是不可能。

2) a いささかも：（用於否定句）少しも，全然。
「いささか」是稍微、僅有的意思。

3) b つくづく：感同身受之意。
※「みすみす」是眼看狀況發生卻無能為力。
「むやみに」是無論好或壞、不考慮後果而行事的樣子。

「狗狗是男生嗎？」

說到日本語教師，不免令人想到「肯定對日本語的錯誤用法很龜毛！」不過，至少我並非如此。一是我自己也沒有時時刻刻說著「正確」的日本語，再者若過度專注對方遣詞用句正確與否，往往會變得聽不懂對方談話的內容。所以除非有必要，我實在無心指出別人的「錯誤」。

糾正學生的錯誤，是因為他們是「向我學習日本語的學生」，而與朋友聊天時，我就不會糾正用字的錯誤。畢竟老是注意著那些事，恐怕就沒有朋友了吧……。

相反的，倒是朋友經常來問我，「這句話，是不是錯誤的日本語啊？」

當然，有些可以立即答覆，有些則得當成作業，回家好好調查研究，但有時卻不一定找得到答案。

那些找不到答案而令我困擾不已的問題中，有個是關於「談到上司的寵物時」。例如，和上司談論到對方的寵物時，想要詢問「董事長的狗是公的還是母的？」究竟該怎麼問才不至於失禮呢？近來許多人都視寵物為家人，「犬（狗）」、「雄、雌（公的、母的）」這些詞彙，雖說是正確的日本語，但若要考慮到對方的心情，該用還是不用，還是頗傷腦筋。不過，若改成「ワンちゃん（狗狗）」，感覺似乎又太不夠莊重，而且男性在這種情境下或許也難說出口。

最後我的結論是，那就避開「犬（狗）」這個詞彙，接續上司的話題問道：「男の子ですか？女の子ですか？（那是男生呢？還是女生？）」似乎比較不會出錯。但終究還不算是正確答案啊（畢竟有些上司聽了後還是會大發雷霆），簡直令人不知如何是好……。

聽到我的答案，另一個朋友則是這麼說的，「上司談到他家的寵物時，默默地聽就是了。」

是啊，這樣絕不會出錯呢。

美國人來到日本第一次看到的

獨自搭乘電車的小小孩

擔心得不得了
原本想跟隨在他身後
但被周圍的人阻止了

迦勒・詹姆士

第4章

傳播歡笑

外國人看落語

※桂かい枝是用英語表演落語，但也有其他

在美國的小學巡迴公演時
有任何疑問嗎？
為什麼只有你一個人呢？
你是不是被朋友討厭了？
就是這樣的表演啊
因此海外公演時多半會先有落語的說明然後再開始表演
落語就是由一人扮演各種角色
也幾乎不需要使用道具
一切都憑藉想像力
登場人物的區分扮演也是表演的一部分
扮演女性時關鍵就在身體的扭動
例如以右手取左耳的耳環

以扇子充當各種道具也是表演的特色之一
這是什麼呢
吸吸吸
正在吃麵!!
那這個呢？
日本園藝
修剪修剪
?
啊
我知道了!!正在轉換電視頻道！
江戶時代並沒有電視啊
小常識
上手與下手
落語與歌舞伎一樣也有舞台的上下觀念
上手
地位高的人
下手
地位低或新來者
花道
觀眾席
因此朝向右側說話的人是地位高的人
地位低者則朝向左側
喂你
有何指教呢

有時也會介紹
落語的歷史

問題來了
落語原本是在什麼地方進行的呢？

① 學校
② 食堂
③ 寺院

答案是③寺院

落語家坐的地方稱為「高座」

所謂的「高座」原本是和尚為了講說佛法所坐的地方

據說擅於說笑的和尚（安楽庵策伝）是落語的始祖

在海外要準備那樣的高座是很困難的

在歐美一般都是站著表演很少有坐著而且還能看到全身的舞台……

無可奈何之下

有類似像桌子的東西嗎？我可以坐在上面

啊這樣的話

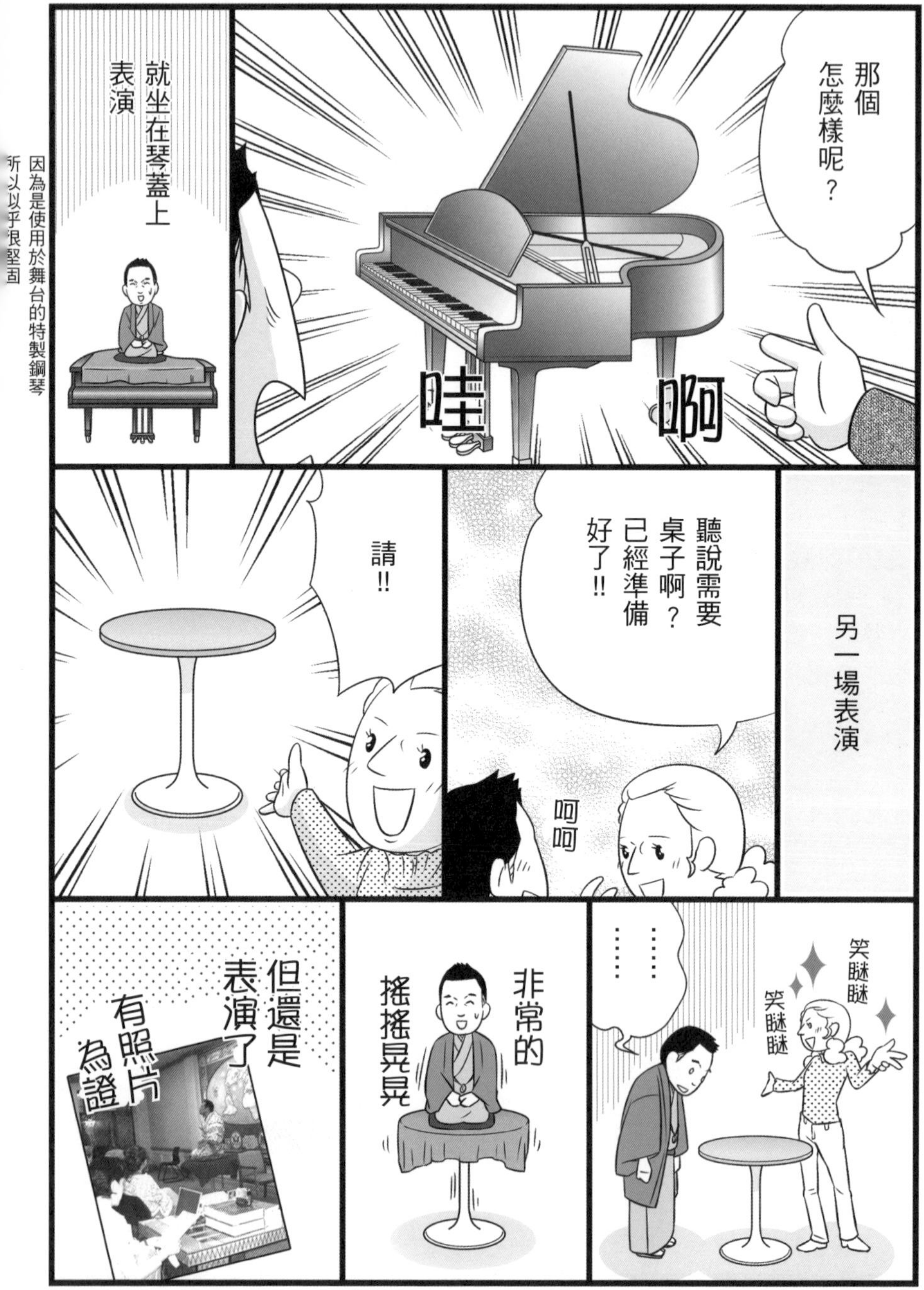

那個
怎麼樣呢？

哇啊

就坐在琴蓋上
表演

因為是使用於舞台的特製鋼琴
所以似乎很堅固

另一場表演

聽說需要
桌子啊？
已經準備
好了!!

呵呵

請!!

笑瞇瞇

笑瞇瞇

……
……

非常的
搖搖晃晃

但還是
表演了

有照片
為證

有時僅是和服
就會引來騷動
多麼美麗的
服裝啊!!
希望您能為
我們展示如
何穿著!!
好啊
那麼就請在舞台上
展示吧!!
什麼!?
超豪華的
會場
震
撼
介紹也非常
的優雅慎重
各位
女士先生
請熱烈歡迎
來自日本的
貴賓!!
和服
哇啊——
哇啊——
就這麼僅穿著
內衣登場!!
啪
啪
啪
哇啊——
哇啊——

僅是穿上
就贏得
大喝采
哇啊——
哇喔
哇啊——
吹哨——
當然
落語也
備受好評
今天百忙之中
為我們展現這
麼精彩的表演
並特地從
日本前來
甚至還放下手邊的工作
請大家再次掌聲
謝謝桂(かつら)かい枝(し)先生
這是
我的工作啊
不論是任何國籍
大家都能從日本傳統
技藝的落語中獲得
歡樂
是我最高興的事啊
在日本
也有表演喔
歡迎來
觀賞

如果是從落語學習日本語

而西班牙人M小姐更誇張

日常會話也是落語用語

ちっとはばかりに

はばかり

「はばかり」指的是廁所

【只在日本才通用的詞彙】

英語是Part-time Job
而且Arbeit本來並無短期勞動之意

【最拿手的號碼】

注：110番是通報警察局的電話號碼
十八番則為最拿手的～之意

EXAMS 04 >>>

挑戰看看！日本語測驗

詞彙的由來

從a～d中選出1～3詞彙的由來。

1) 十八番　2) 仕切り直し　3) 駄目

a 相撲　b 歌舞伎　c 日本象棋　d 圍棋

解答 >>>

1) 十八番（おはこ／じゅうはちばん）：最擅長得意的，或是拿手的技藝或表演。也指某個人的習慣性動作或口頭禪。

答案 b 歌舞伎：據説是因為市川家（注）將最拿手的歌舞伎十八番的劇本放在箱子內保存。但也有人認為是放進箱子內妥善保存之意。

2) 仕切り直し（しきりなおし）：在運動等比賽中重新開始之意。交涉等從頭重新來過。

答案 a 相撲：源自於相撲選手對峙準備時，若彼此未專注，即不能一同起身較勁，則對峙的準備姿勢必須重新來過。

3) 駄目（だめ）：不好的狀態。毫無助益的。無任何效果。

答案 d 圍棋：把棋子放到兩者的接界、卻不屬於任何一方的點上。

（注：歌舞伎界中的一支流派）

令人在意的ヤ行與ワ行的「エ」

明明沒有五十個、卻又稱做「五十音圖」的「アイウエオ」表，已有悠久歷史。現存最古老的「音圖」是醍醐寺藏的《孔雀經音義》（平安時代中期的謄寫本），裡面當然不是「アイウエオ」這樣的排法，不過倒是以表格歸納出母音的各段。「五十音圖」的稱呼，則是江戶時代以後的事了，在那之前稱為「五音（ごいん）」、「五音圖」等。

不過，看到學校牆壁貼的「五十音圖」，不知是否有人曾經想過，ヤ行與ワ行裡為何有空格呢（我曾經堅持要發出那些音）？

在此就來談談那個被拿掉的「エ」吧。

使用了所有假名而且不重複的手習歌（習字歌）中，既有〈いろはうた（伊呂波歌）〉、也有〈あめつちのうた（天地之歌）〉。事實上，〈伊呂波歌〉裡有四十七個假名、〈天地之歌〉則有四十八個假名，數目竟然不一樣※。

ワ行的「ヱ（ゑ）」出現在〈伊呂波歌〉，也出現在〈天地之歌〉。但是另一個ヤ行的「ヱ」卻僅出現在〈天地之歌〉。也就是說，〈天地之歌〉完成之際，ヤ行的「ヱ」已經受到區別了。

自平安時代中期開始，ヤ行的「ヱ」經常與ア行的「エ」混淆，於是漸漸統一為ヤ行的「ヱ」。之後，就連ワ行的「ヱ（ゑ）」也變成了ヤ行的「ヱ」。然而到了江戶時代（有一說是室町時代），卻皆變成了ア行的「エ」。

《日本人也不知道的日本語1》第九章提到了「お」與「を」的歷史，而相同的狀況也發生在「エ」的身上啊。

※皆未放入「ん」。

兩首習字歌

【あめつちのうた（天地之歌）】（完成於十世紀前期以前？）

あめ　つち　ほし　そら　やま　かは　みね　たに
くも　きり　むろ　こけ　ひと　いぬ　うへ　すゑ
ゆわ　さる　おふせよ　えのえを　なれゐて
（天 地 星 空 山 川 峰 谷 雲 霧 室 苔 人 犬 上 末 硫黄
猿　生ふ為よ　榎の枝を　慣れ居て）

【いろはうた（伊呂波歌）】（完成於十一世紀後期左右？）

いろはにほへと　ちりぬるを　わかよたれそ
つねならむ　うゐのおくやま　けふこえて
あさきゆめみし　ゑひもせす
（色は匂へど　散りぬるを　我が世誰ぞ
常ならむ　有為の奥山　今日越えて　浅き夢みじ　酔ひもせず）
（中文：花朵艷麗終散落　誰人世間能長久　今日攀越高山嶺　醉生夢死不再有）

夙子老師的

「記住了會（也許）有幫助的日本事物」

之1

無論是「學生時代已經熟記日本都道府縣名、縣政府所在地」的人、或是「因每天看天氣預報所以都記得」的人，應該對於一些平常不常接觸的地名還是記憶模糊吧？我們就來複習一下吧。

Q.請填入各標號的都道府縣名或都道府縣政府的所在地。
※依縣名／縣政府所在地的順序排列。
※每個標號為一個縣的縣名與縣政府所在地名。

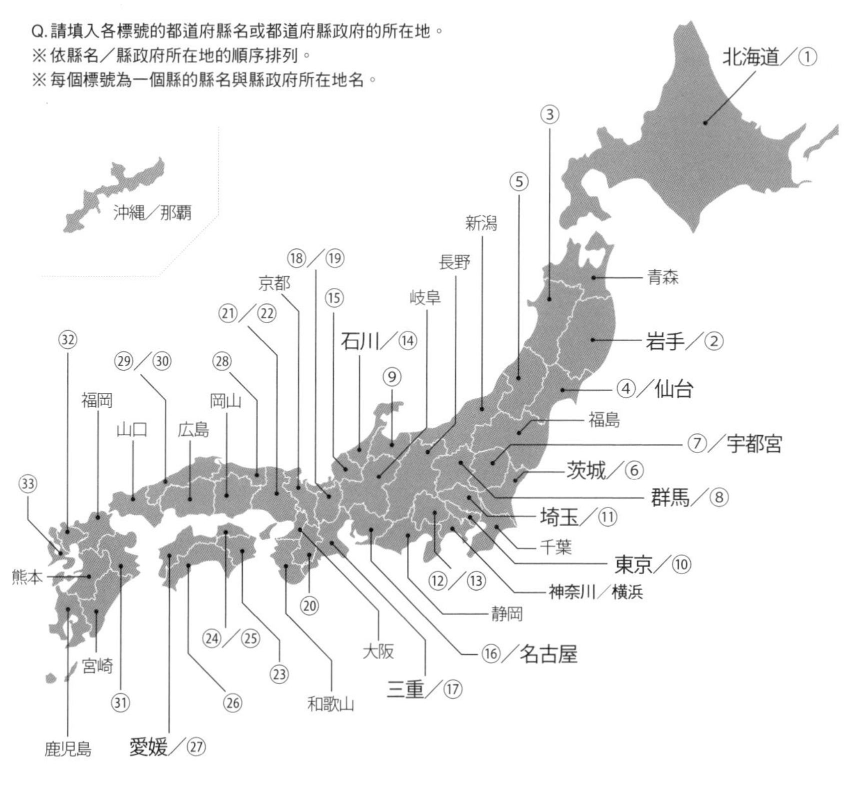

解答 >>> ①札幌 ②盛岡 ③秋田 ④宮城 ⑤山形 ⑥水戸 ⑦栃木 ⑧前橋 ⑨富山 ⑩新宿 ⑪さいたま ⑫山梨 ⑬甲府 ⑭金沢 ⑮福井 ⑯愛知 ⑰津 ⑱滋賀 ⑲大津 ⑳奈良 ㉑兵庫 ㉒神戸 ㉓徳島 ㉔香川 ㉕高松 ㉖高知 ㉗松山 ㉘鳥取 ㉙島根 ㉚松江 ㉛大分 ㉜佐賀 ㉝長崎

瑞典人來到日本才知道的

啤酒自動販賣機

在瑞典想喝酒時必須在平日六點以前去政府直轄商店購買

商店很少

而且星期六只到下午一點

艾倫

第5章

書寫的種種

試著以日本語書寫

一開始接觸日本語時
才知道日本語原來可以直著寫也可以橫著寫啊!!
真是太驚訝了
有些字直寫與橫寫時的位置完全不一樣真是傷透腦筋了啊
直寫時的小「っ」究竟應該寫在空格的哪邊呢?
つ
?
っ
?
初級程度的學生很容易掉入像這樣「直寫和橫寫位置不同」的陷阱裡
案例1
ー
×
ー
イ
ー
×
ー
ル
原來是Email!!
イーメール
↓
イーメール
學生的作文

案例2
句點放在正中間
は、今
しました。
在台灣是寫在正中間
所以才會……
原來是這樣啊!!
難怪經常看到同樣的錯誤
除此之外學生還有各種不同且自由不羈的書寫方式
案例1
每個斷句都留下空格
私は　きのう
留下空格是為了讓老師方便閱讀
老師不需要空格也能讀
案例2
所有的漢字都標上讀音
私わたしは今きょ日う
に乗のりまし
標上讀音也是為了老師
老師沒有讀音也會讀

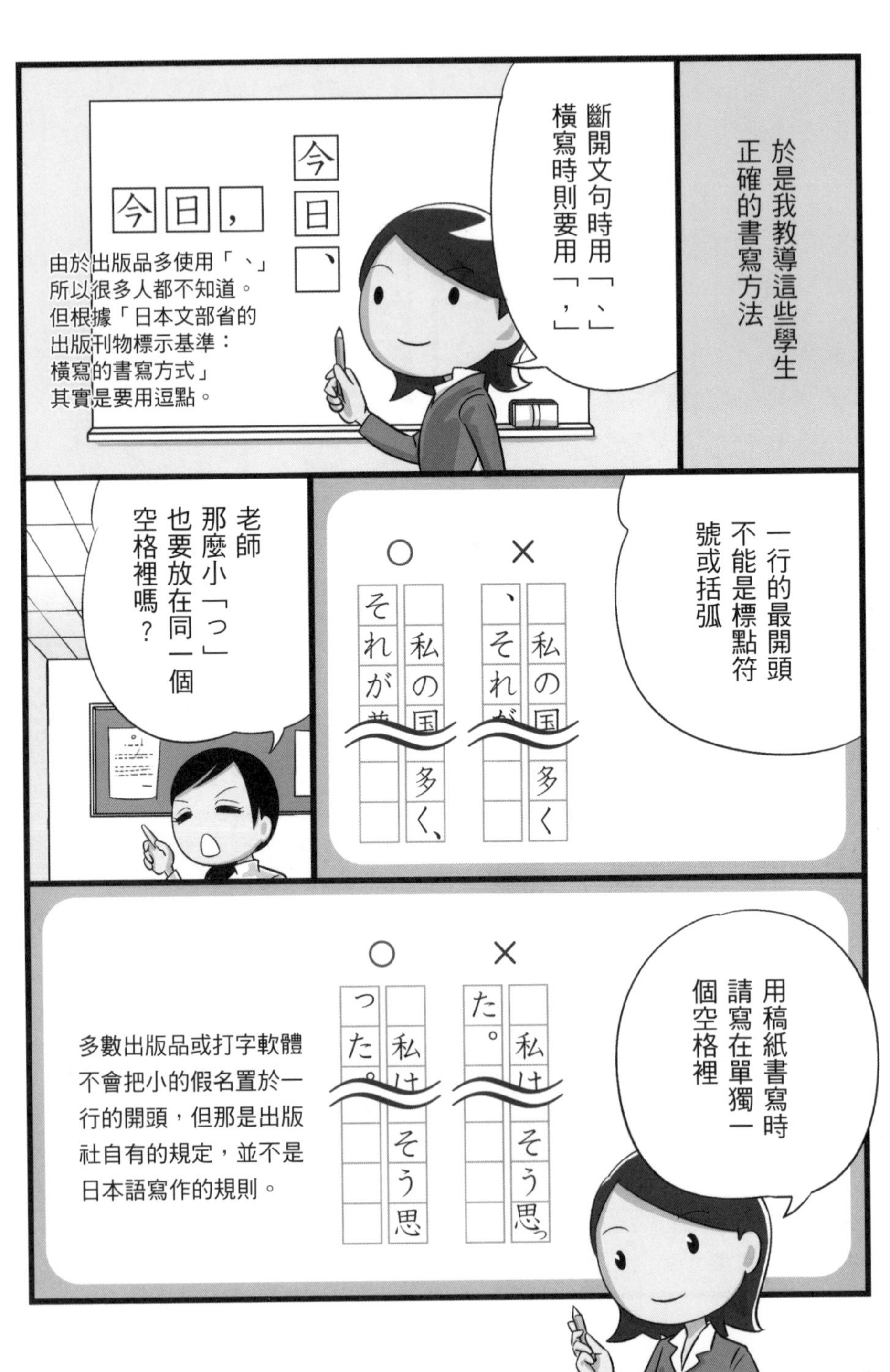

於是我教導這些學生正確的書寫方法
斷開文句時用「、」橫寫時則要用「，」
今日、
今日，
由於出版品多使用「、」所以很多人都不知道。但根據「日本文部省的出版刊物標示基準：橫寫的書寫方式」其實是要用逗點。
一行的最開頭不能是標點符號或括弧
×
私の国
多く
、それが
○
私の国
多く、
それが
老師那麼小「っ」也要放在同一個空格裡嗎？
用稿紙書寫時請寫在單獨一個空格裡
×
私は
そう思っ
た。
○
私は
そう思
った。
多數出版品或打字軟體不會把小的假名置於一行的開頭，但那是出版社自有的規定，並不是日本語寫作的規則。

就這樣
學生們的作文程度
逐漸提升了
但是
私の好きな人
黃華
総司。
彼に会って私の人生は
一変した。彼の事を
考えるだけで
私の世界は
薔薇色に
輝く。
総司は私の太陽
日本の誇り。
（我最喜歡的人
黃華
總司。
認識他改變了我的人生。
只要想著他，我的世界
就閃耀著玫瑰色的光輝。
總司是我的太陽，日本
的驕傲。）
誰啊？
一つ日本語を学ぶたび
一つ総司に近づく。
そう考えるので
私は勉強するのだ。
私の夢は、彼の魂の友（ソウルメイト）に
なることである。
（愈學習日本語，我就覺得離
總司愈近。因為這樣的想法，
我才有了學習的動力。我的夢
想就是成為他的靈魂伴侶。）
只有這裡標上了讀音
靈、
靈魂伴侶……
難道這是
黃同學
黃同學
你作文裡的
「総司（そうじ）」是……
就是
「沖田総司（おきたそうじ）」※
其實是
歴女（れきじょ）
果然——
※江戶時期，幕末的新選組隊士。
指的是喜好歷史的女生
程度提升了
但自由不羈的
風格依舊不變

信的書寫格式

信的書寫格式

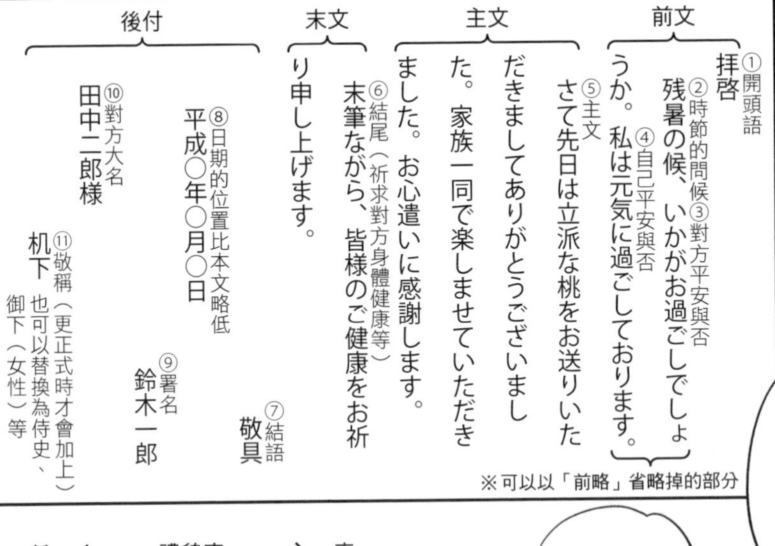

前文

①開頭語 拜啓

②時節的問候 残暑の候、③對方平安與否 いかがお過ごしでしょうか。

④自己平安與否 私は元気に過ごしております。

※可以以「前略」省略掉的部分

主文

⑤主文 さて先日は立派な桃をお送りいただきましてありがとうございました。家族一同で楽しませていただきました。お心遣いに感謝します。

末文

⑥結尾（祈求對方身體健康等）末筆ながら、皆様のご健康をお祈り申し上げます。

⑦結語 敬具

後付

⑧日期的位置比本文略低 平成○年○月○日

⑨署名 鈴木一郎

⑩對方大名 田中二郎様

⑪敬稱（更正式時才會加上）机下 也可以替換為侍史、御下（女性）等

分發了這樣的基本格式給學生

較容易混淆的開頭語用法請看這裡

低 ←― 禮貌度 ―→ 高

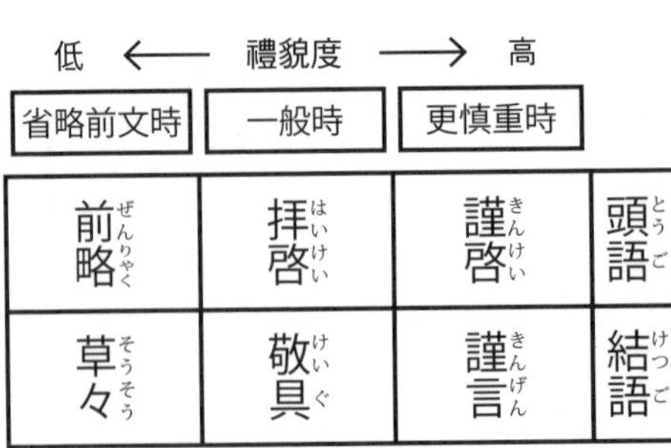

	省略前文時	一般時	更慎重時
頭語（とうご）	前略（ぜんりゃく）	拜啓（はいけい）	謹啓（きんけい）
結語（けつご）	草々（そうそう）	敬具（けいぐ）	謹言（きんげん）

※僅介紹較常使用的

為什麼要放進「拜啓」或「敬具」？又有何含意呢？
「拜啓」是「跪拜地說」，「敬具」是「尊敬地陳述」之意
無論何者都是尊敬對方的詞彙
總之就像是行禮致意般
與人說話時，一開始與最後都要行禮致意，才有禮貌不是嗎？
原來如此
大家也來寫寫看吧
全略
不可以全部省略
啊

也教了信封的寫法
日本的寫法與國外常使用的格式並不相同
國外郵件經常可見的形式
郵票
寄件人名
地址
收件人名
地址，郵遞區號
國名
金同學「先生様」有些怪耶
海野凪子先生様
才不會勒 在韓國都是寫 先生様
哼
在美國，既然已有「教授」或「博士」的職稱，就不會再加上「mister（先生）」了……
在韓國都是說 先生様 社長様!!
不然來問老師看看啊
老師!! 老師是何様※（什麼大人物）呢？
※帶有諷刺意味

在日本「老師」或「教授」也不需要再加「様(さま)」
那老師「お館様(やかたさま)」（戰國時代城主的尊稱）也不需要加様(さま)嗎？
到底要寫信給誰啊

幾天後
老師!! 我發現一種不知該怎麼寫的信封
已經貼上郵票了但是……
翻找東西
地址該寫在哪裡呢？
80
……為什麼想要用這個呢？
還選了喪事用的奠儀信封
因為很酷嘛!!

【喜歡的樂團】

據說Beatles這個團名取自Beetles（甲蟲）與Beat（打擊節奏）

【似近又遠的】

「愛人」：日本語中指情夫、情婦
在中國，「愛人」指的也是配偶或男女朋友

EXAMS 05 >>>

挑戰看看！
日本語測驗

國字

以下的漢字（國字）以平假名標上讀音。

1) 辷る

2) 毟る

3) 瓱

4) 迚も

解答 >>>

1)すべ–る（等同於「滑る（滑）」）

2)むし–る（少＋毛。也就是拔毛的意思）

3)ミリグラム（毫克，用「毛」字代表「微小」的意思。）

4)とて–も（「無論如何、非常地」的意思）

「國字」的逸話

漢字是中國傳來的，但也有日本自造的漢字，也就是「國字（和字）」。據推測，從奈良時代即廣泛使用國字，而現存最古老的漢和辭典《新撰字鏡》（平安時代初期）收錄了約四百個國字。其中列入常用漢字表的國字共有八個（働匁塀峠搾枠畑込），還有很多魚名或花名等也是使用國字，就連我筆名中的「凪」也是國字。

自古以來即使用的國字有「峠、辻」等字，此外江戶時代後期所造的國字「膵（すい）、腺（せん）」等字，也被中國所沿用。

對學日本語的中國人來說，國字似乎非常有趣，有時他們會出問題來考我。「凩（こがらし）」、「俤（おもかげ）」等這些常見字，當然可以立刻回答，不過「呎（フィート）」、「糎（センチメートル）」等這類出現在近代文學小說的字，就有些令人慌亂了。不過學生都抱著「問答遊戲」的心情，會觀察我的表情，不時給予提示或解說。

身為教學者的一方，回答「不知道」其實是需要勇氣的，不過我認為只要避免讓學生產生「這個老師沒問題吧」的懷疑，讓學生看到老師的「不完美」也是很重要的啊（感覺上，完美的老師是不允許失敗的）。所以不懂時我會坦率詢問答案，學生也可以從回答的過程中有所學習。

不過，在查詢國字時，我發現了一個有趣的字。也就是「圕」。這是以一個字來表示「圖書館」，出自一九二五年（大正十四年）、中國人杜定友在大阪所創。雖是在日本造的字，但卻是中國人所創，似乎不能稱做國字啊……也有人持這樣不同的意見。這個字曾刊載在《廣辞苑》的第一版，昭和初期前圖書館的相關刊物等也使用過。當時若再加把勁，或許就能為世人所接受了。

如此一來，小學生學寫漢字，或日本語學校的學生也就能輕鬆不少，實在是很可惜的事啊。

中國人來到日本
才知道的
便當
宛如藝術作品啊!!
周

第6章 相異的趣味

用手指數數

有次
當我彎著手
指在數數時
1
2……
跟我的比法
完全不一樣
耶!!
學生見狀
大吃一驚
我是這樣
數的
中國多是
這樣比
1
2
3
4
5
6
7
8
9
10
那個「9」
在日本可是
「泥棒(小偷)」
的暗號
要當心啊……
也問了其他學生
法國也和
日本不一樣

從拳頭開始然後依序伸出手指
1
2
3
4
在歐洲多半是這個比法
因此
在日本的餐廳之類的地方
歡迎光臨——！請問有幾位呢？
兩位
好的——
一位客人
什麼
——經常會變成這樣的狀況
因為伸出食指所以被當成在比「1」
我也經常遇到
這個……這個「4」對我來說太難了
快抽筋了
抖
抖
抖
這樣嗎？
已經習慣了
義大利
法國
習慣這種困難手勢的人還有另一位
俄羅斯人↓

注：本章僅介紹較具代表性的數數方式，因個人或地域不同還是可能不盡相同

另一天
請學生數舉手的人數
いち（1）
に－（2）
さん（3）
し－（4）
よん（4）
ご－（5）
ろく（6）
なな（7）
老師七個人
怎麼看都是八個人
咦？
再數一次看看
いちに（1、2）さんし（3、4）
よんご（4、5）ろくなな（6、7）
咦？
老師「4」數了兩次啊
什麼
早知道應該用手指數

這個該怎麼讀呢？

※不過有的應用軟體也可能打不出來

既然提到了不會讀的讀音
使用於「一ケ月」之類的「一ケ」實在也很不可思議啊
明明是片假名的「ケ」為何不讀「ケ」卻讀做「か」或「こ」
因為那不是片假名而是漢字的略字（簡略字）
一箇月↓一ケ月
一个↓一ケ
這個「个」在中國數數時也會用到啊！
這個漢字傳來日本時
「一个」？這是什麼意思啊
是「ケ」嗎？歪掉的ケ吧？
來自中國的包裹
一个
以前的日本人
比起寫「一個」要輕鬆多了啊
一ケ百円

據說就是這樣與
片假名混淆
然後逐漸流傳開來
原本以為「々」是漢字
「ケ」是片假名啊……
我知道
「弗（美金）」
是漢字時
也是極度震驚啊
因為
很像$
以為是記號
「弗（美金）」
這個漢字是美金
剛進來日本時，
因為與$這個
記號相似，而用
來替代的漢字
已經不
太使用
了，你
竟然還
知道啊
如果這種理
由也行得通
那我也想讓
溫泉記號列
入漢字
新漢字
おんせん
贊成的人
我
在這裡
決定也
沒有用啊
驚

♨（おんせん）並不是漢字嗎……
因為問到「♨」怎麼讀時別人回答說「おんせん」……
竟然以為是漢字……
等……一下……
跑
停
交給你了加油
好的!!
我會努力去安慰她的!!

【寺院裡】

【女僕餐廳】

正確說法是「おかえりなさいませご主人様（歡迎回來主人）」

EXAMS 06 >>>

挑戰看看！日本語測驗

標點符號

以片假名回答以下記號的名稱。

1) ＊　2) ＃　3) ！　4) ∞

5) ／　6) （ ）　7) &

解答 >>>

1) アステリスク、アスタリスク。和「※」不同。
2) ナンバー。經常使用於電話的按鍵等。與「♯」相似，因而也被稱為シャープ（升記號）。不過升記號的橫線是往右上上揚。
3) エクスクラメーションマーク、エクスクラメーションポイント。我覺得稱為「びっくりマーク（驚嘆號）」，既短又好記。
4) インフィニティ。無限大。
5) スラッシュ。
   也稱做斜線（しゃせん），要標示讀音時就寫成スラッシュ。
6) パーレン。
   我稱它為「丸かっこ（圓括號）」，但也有人稱「小かっこ（小括號）」。
7) アンパサンド。也稱做「アンド（and）」。

漢字有很多「讀音」的理由

關於漢字為何分為「音讀（音読み）」與「訓讀（訓読み）」，在《日本人也不知道的日本語1》也曾提及過（請參考第一集八十二頁的〈漢字有這麼多種唸法的原因〉）。不過擁有複數的音讀（例如：外＝ガイ、ゲ）、訓讀（生きる＝いきる、生まれる＝うまれる）的漢字也不少。

我問中國學生：「在中國，每個漢字只有一個讀音嗎？」得到的回答是「除了破音字以外，幾乎都只有一個」。

有些漢字，因為具有許多不同意思，不得不擁有多個訓讀的讀法。但音讀一個也沒差，為何還要有那麼多個？

其實，這與「漢字流傳至日本的時代不同」、「用於何種場合」有著密切關係。

翻閱漢和辭典查漢字時，應該會看到小正方形所框起來的「吳」、「漢」等標記吧。答案就在這些標記裡。

最初在五、六世紀左右時，中國的政治、文化重鎮「吳」這個地方的漢字讀音傳入了日本，稱之為「吳音（例如：修行＝シュギョウ）、頭巾＝ズキン」，多是佛教關係的詞彙或日常使用的漢語等。

之後，七～九世紀傳入的「漢音（例如：旅行＝リョコウ、頭部＝トウブ）」，則是隨著留學生或遣唐使等帶進了洛陽、長安周邊的讀音，主要是用於漢籍等的學術領域。

前述兩者的讀音為漢字讀音的主流，不過還有一些是鎌倉時代至江戶時代初期傳入的「唐音或宋音（例如：行燈＝アンドン、饅頭＝マンジュウ）」。不過數量較少，多使用於禪宗方面的用語或日常用品等。

除此之外，還有傳入日本後讀音有所改變的「慣用音」（「消耗」的「耗（こう）」讀成もう）。不過令人遺憾的是，就算理解了「讀音雜多」的理由，卻還是無法改變要記這麼多的事實……。究竟是同一個讀音的漢字很多的狀況比較好呢？還是一個漢字有多個讀音比較好呢？

回想小學時的漢字考試，我總覺得要背的漢字少一點比較好，不知道大家是否也這樣認為呢？

瑞士人來到日本第一次看到的

撐著傘騎自行車的人

因為在歐洲
即使下雨還是有很多人不撐傘……

愛瑪

第7章

角色人物與詞彙

之後的趙同學與黛安娜

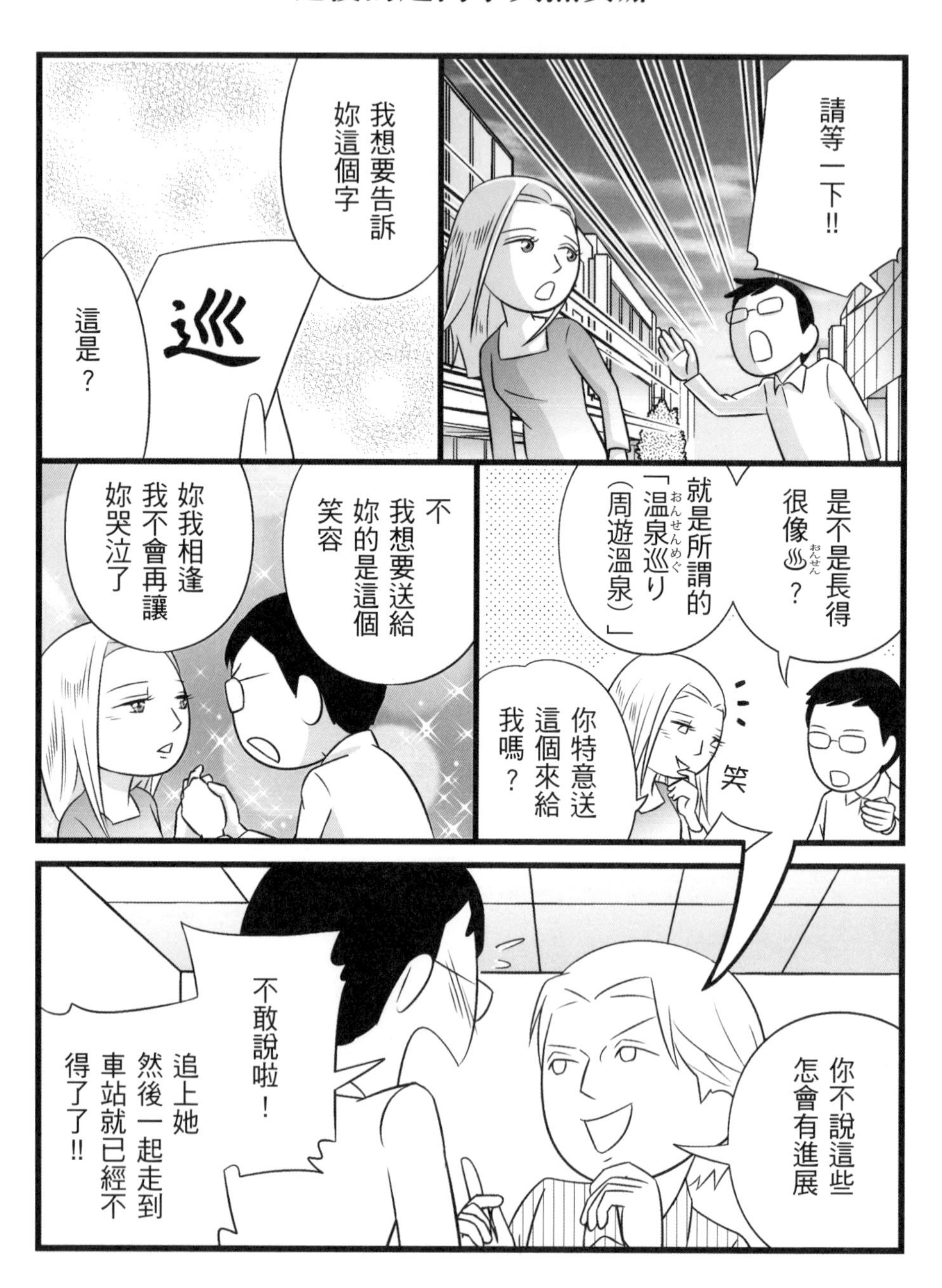

請等一下!!
我想要告訴妳這個字
巡
這是？
是不是長得很像♨？
就是所謂的「温泉巡り（周遊溫泉）」
你特意送這個來給我嗎？
笑
不我想要送給妳的是這個笑容
妳我相逢我不會再讓妳哭泣了
你不說這些怎會有進展
不敢說啦！
追上她然後一起走到車站就已經不得了了!!

近朱者赤

有些會說日本語的外國人
是以自己的方式學的
並沒有上過日本語學校
美國人萊恩
就是其中之一
我是聽日本人的
女朋友說話學來的
蛇蔵的朋友
設計師
結果
竟然還有人說
人家說話的方
式很娘
雖然「～だわ」
「～かしら」
是現在的女性詞彙
但用得並不是那麼多
不過據說
「よくってよ
（好哇）」
「そうだわ
（是呀）」等
則是明治時代
女學生的流行語
討厭啦～
這個杯杯
好可愛喔
～～～
派派也
好好吃喔
～～～
已經不
知道要從何
糾正起了

我（俺）的說話方式真的很怪嗎？

只是把第一人稱改成「俺」（男性自稱）也無法變得比較男人味啊

例如
女：おっきい（大的）
男：でかい（大的）

因為還有形容詞、語尾或發音上的男女不同啊

還有什麼都加上「お」，聽起來也會變得女性化

剛才講到派時若加上お就很危險※

※男性通常說パイ，女性說おパイ

加「お」

……かしい※嗎？

※おかしい是「奇怪的」，但萊恩怕又變得女性化，所以自作聰明去掉了お

不可以拿掉お啊

討厭～!!日本語根本就是有性別差異的語言嘛!!

的確據說像日本語這樣有性別差異的語言舉目世界真的少之又少啊

第一人稱就有性別差異的大概就是泰國語

已經跟你說了你剛剛還是不改娘味耶

直指

都是因為你只跟女孩子說話才會變成這樣
嚇
所謂近朱者赤（朱に交われば赤くなる）
你要不要多認識男性朋友啊？
介紹同業的男性
數個月後
好久不見!!你們已經變成好朋友了啊？
對呀對呀～謝謝妳的介紹喔～
他呀真的人超好!!
哎呀～討厭啦～人家好害羞喔
但不知為何竟是日本人男性的說話方式受到萊恩的影響
原來近朱者赤的竟然是你啊!!
為什麼!?
這樣的說話方式真的不容易吵架嘛

特定人物的遣詞用句之謎

據說在昭和初期也用於中國等地

	博士語	西日本方言
肯定	雨じゃ	雨じゃ・や
否定	知らん 知らぬ	知らん 知らへん
人的存在	おる	おる
進行式	知っておる 知っとる	知っとる 知りよる

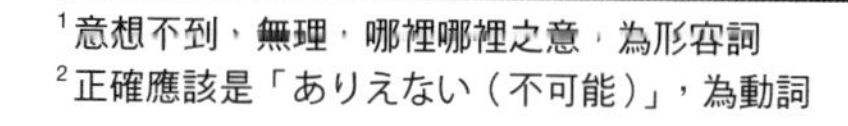

[1] 意想不到，無理，哪裡哪裡之意，為形容詞
[2] 正確應該是「ありえない（不可能）」，為動詞

【國民性】

【聽解】

即使已經通過日本語檢定一級測驗仍為取得更高分數而努力的趙同學

最近我對自己的聽解能力感到不安啊

我實在聽不懂新的打工地方的社長在說些什麼

是怎樣的人呢？

是90歲左右有戴假牙的老太太

那恐怕是假牙所造成的口齒不清吧

EXAMS 07 >>>

挑戰看看！日本語測驗

詞彙的含意

以下畫底線的詞彙，各是什麼含意？請選擇作答。

1) その**破天荒**な試みは、初めは誰からも支持されなかった。
   a 豪快で大胆な様子　　b 今まで誰も成し得なかったことをすること

2) 学生は**すべからく**勉学に励むべきである。
   a 当然、ぜひ　　b すべて、昔

3) 窓から見ると外は**雨模様**だった。
   a 雨が降ったりやんだりしている　　b 雨が降りそうな天気

4) 彼は**憮然**とした面持ちでこちらを見ている。
   a 失望・落胆してどうすることもできないでいる様子
   b 腹を立てている様子

5) 彼は**やおら**立ち上がり部屋の外へ出ていった。
   a ゆっくりと　　b 急に、いきなり

解答 >>>

1) b
2) a（後面會伴隨著「べし・べきだ」）
3) b
4) a
5) a

每年日本文化廳會實施「國語相關世論調查」，以上題目擷取自其中的「慣用句等的含意」之調查問題。有關調查結果，可以上日本文化廳的網站（www.bunka.go.jp）查詢。

變遷中的「語言」

基本上，日本語學校所教的是沒有男女差別的日本語。不過，教科書還是會出現所謂的「男性用語」或「女性用語」，由於日常生活中即能聽到，即使自己不太使用仍會聽到或讀到，所以許多日本語學習者多半能判斷「現在是女生在說話」、「那是男生的台詞」（當然有些學生自己也會使用）。

不過，最近教科書出現語尾「～だわ」、「～のよ」的句子，有學生反應說：「現實生活中，幾乎沒有女人是那樣說話的啊。」

的確有不少人認為，男性與女性的遣詞用句已經漸漸沒有區別了。根據平成二十三年所公布的「國語相關世論調查」顯示，有百分之四十七．一的人認為，此現象是「自然變遷，無可避免」，但也有百分之三十六．八的人認為「應該還是要有所區別」。由此結果看來，使用「男性用語」或「女性用語」的人仍不算少數。畢竟方言中有許多男女不同的詞彙，所以男女遣詞用句之間的區別，實在是不可能立刻消弭。

對於日本語的變遷，許多人感嘆這是「日本語之亂」。不過社會變遷時，語言也不免會隨之改變啊。數十年後，再回頭看現今的語言變遷，也會覺得「原來是這樣改變了詞彙的含意啊」，或是「原來當時流行這樣的說話方式啊」，那心情就好比我們現在閱讀從前的小說般。

我最近購買的電子辭典裡收錄了《夏洛克・福爾摩斯》系列，其中某部作品有一個場景是華生醫師詢問福爾摩斯說：「一たい本当に君なのかえ？（真的是你嗎？（偏向女性化的用語）」。由於這句話，我腦海中竟然出現了歌舞伎中女形※的華生博士，頓時覺得荒誕不已。仔細一看，才發現是取自一九二九年（昭和四年）出版的版本，也就是說當時的男性是這麼說話的（現在不知道還有沒有啊）。僅不到百年的光景，語言竟有了如此的改變。

※歌舞伎中專門男扮女裝演出年輕女孩的演員

英國人來到日本才知道的

電梯的關門鍵

倫敦有沒有我不知道
不過鄉下的古老電梯是絕對沒有的

瑪格麗特

第8章 令人不忍離去的國家

最喜歡日本的什麼

※原本是要說你也遺失過東西啊，但聽起來卻是你也去世過啊

東西遺失時不說
「おなくなりになった」
應該是
「あなたもなくされましたか」
不過聽到這些
還是覺得好
高興啊
老師
藍同學說她來日本之後，變得很容易掉東掉西的
哎呀
是啊
以前在自己國家時
並不會這樣
但想到
「這裡可是日本啊」
就掉以輕心了
過度信任
也是不當的

我覺得很棒的是東西的選項非常多
例如衣服款式很多
居酒屋也有好多菜色！
太高興了以至於總是吃得「いなかおっぱい（鄉下　乳房）」
是「おなかいっぱい（肚子很飽）」!!
我喜歡日本語
很少有難聽的惡言感覺語氣平靜沉穩
最近雖然有同學用日本語吵架

あなたはただしくないです
（你不是正確的）
いいえ　あなたたただしくない
（不，你不正確）
わたしはおこります
（我生氣了）
わたしもおこります
（我也生氣）
感覺真是非常平和沉穩啊
的確啊　有人說日本語是少有卑罵語※的語言
但單純是因為那兩個人僅有初級程度且詞彙又少的緣故吧

※辱罵對方的詞彙

不久之後兩人
私はうたいます!!
（我唱歌）
私もうたいます!!
（我也唱歌）
好像是想說「訴えます（訴訟）」的樣子

危機到來

怎麼了？
如果沒有通過日本語能力測驗一級的話
搖～～晃
我爸爸說我就得回韓國結婚了!!
哇啊啊
什麼
對方是什麼樣的人啊？
是你之前說的男朋友嗎？
是我父母挑選的有錢人
已經跟那個男朋友分手了
如果找一個比那個人更有錢的人充當男朋友呢？
不過阿里已經回國了

對了
還有王同學
他是
有錢人嗎？
嗯
非常有錢
聽說他來日本之前，從沒有親手翻過盤子裡的魚
因為家裡
有專門負責
「翻魚」的人
盯
……
……
總之我
還不想
結婚啦!!

但是以我現在
的程度
根本無法通過
考試啊!!
你究竟是
如何考過的!?
就是不停
做題目啊
即使是打工
的休息時間
也在讀書啊
對了
趙同學還有在打工
相較之下
我……!!
過去以來，
我一直以為
美貌是我唯
一的優勢
原來還有擁有
自己的時間這
項優勢啊!!
老師
上完課之後
拜託妳每天給我
四個小時的個別
教學
撒
你也給
我一起
上!!
弟弟

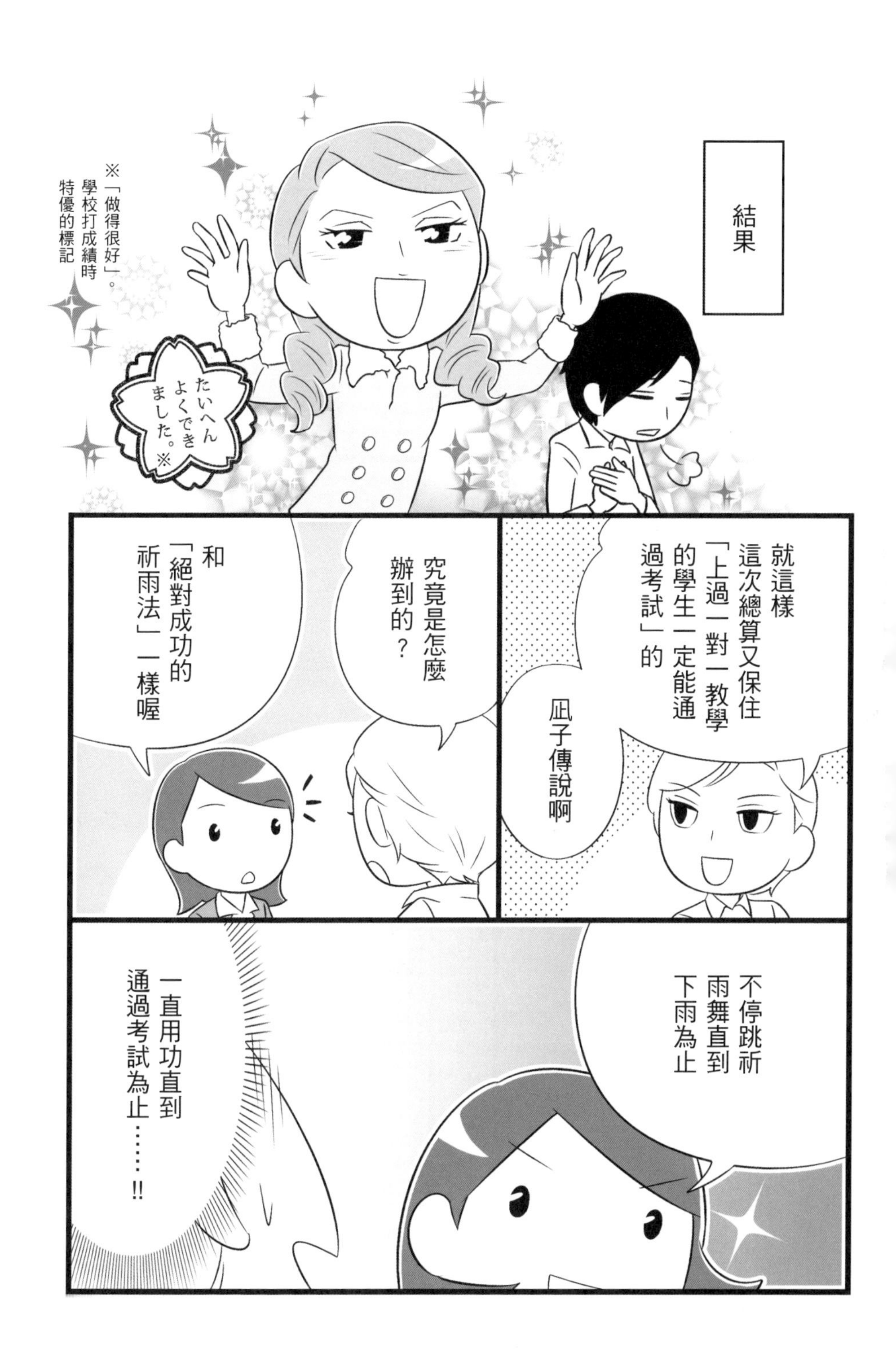
結果
たいへんよくできました。※
※「做得很好」。學校打成績時特優的標記
就這樣這次總算又保住「上過一對一教學的學生一定能通過考試」的
氙子傳說啊
究竟是怎麼辦到的？
和「絕對成功的祈雨法」一樣喔
不停跳祈雨舞直到下雨為止
一直用功直到通過考試為止……!!

【特別的賣法】

【跟老師說話時特別客氣】

※正確說法應該是腹が立つ（生氣），不需要加お

EXAMS 08 >>>

挑戰看看！日本語測驗

日式英語

以下詞彙中哪一個是日式英語？

1) スカウト

2) クラクション

3) サイダー

4) ライバル

5) カンニング

解答 >>>

所謂的日式英語（和製英語）……日本將英語單字結合或變形，自創具英語風的詞彙。多半無法通用於英語圈。

2　車喇叭。英語為「horn」。クラクション從製造公司名klaxon（クラクソン）而來。
3　汽水。英語為「（soda）pop」。英語的cider則是「蘋果酒」。
5　作弊。英語為「cheating」。英語的cunning則是「機靈狡猾」的意思。

來自英語的
1　scout：在演藝圈或運動界等發掘有潛力的人才或挖角的行為，或是以此為職業的人。
4　rival：競爭對手、情敵。

麻煩棘手的「羅馬字」

提到日本語的文字，除了平假名、片假名、漢字外，阿拉伯數字或羅馬字等也包含其中。

在日本語學校的課程中，並不教授羅馬字，不過經常有學生提問。例如：「Sizuoka」與「Shizuoka」（しずおか，靜岡縣）到底哪一個正確？諸如這類有關標示的問題。

第一百二十頁的「羅馬字的拼音法」（一九五四年內閣告示），又稱為訓令式。其他還有部分拼音法與訓令式不大相同的赫本式、日本式※。

舉例來說，赫本式的「ん」的標示方式是後面若接著b、p、m時不使用n、而使用m（例如：にほんばし→Nihombashi）。此外，「し」在訓令式是「si」，在赫本式則是「shi」。還有，諸如「きょうと」等帶有長音的標示也不相同（Kyôto〔訓令式〕、Kyōto〔赫本式〕）。

車站站名以赫本式居多，例如前面學生所提的問題，我在車站看到的是

「Shizuoka」。

另外，護照上的羅馬字標示也不是訓令式，而是赫本式。

不過，之前我跟一位姓「斉藤（さいとう）」的朋友談論護照上的羅馬標示時，他說：「我的是『SAITO』，但我妹妹是『SAITOH』」。兩個拼法基本上都沒有標記出長音，所以「～TO」、「～TOH」兩者都無不妥。但是如此一來，也不完全是赫本式啊。

可是好不容易記住了標示法，但在電腦中以羅馬字輸入時，又非得打上「kyouto」，才會出現「きょうと」。

也許是因為未衍生出極大的困擾，才始終沒有統一標示吧。不過對那些無法看懂日本語的外國旅行者來說，卻是相當辛苦吧。想去「おおやま（Oyama，大山）」，卻可能去到了「おやま（Oyama，小山）」。所以，是不是應該準備公布新的「羅馬字拼音法」了呢？

※日本式與訓令式幾乎完全相同。

羅馬字拼音法

第1表）

〔（ ）表示重複〕

a	i	u	e	o			
ka	ki	ku	ke	ko	kya	kyu	kyo
sa	si	su	se	so	sya	syu	syo
ta	ti	tu	te	to	tya	tyu	tyo
na	ni	nu	ne	no	nya	nyu	nyo
ha	hi	hu	he	ho	hya	hyu	hyo
ma	mi	mu	me	mo	mya	myu	myo
ya	（i）	yu	（e）	yo			
ra	ri	ru	re	ro	rya	ryu	ryo
wa	（i）	（u）	（e）	（o）			
ga	gi	gu	ge	go	gya	gyu	gyo
za	zi	zu	ze	zo	zya	zyu	zyo
da	（zi）	（zu）	de	do	（zya）	（zyu）	（zyo）
ba	bi	bu	be	bo	bya	byu	byo
pa	pi	pu	pe	po	pya	pyu	pyo

第2表）

sha		shi		shu		sho
				tsu		
cha		chi		chu		cho
				fu		
ja		ji		ju		jo
di	du		dya	dyu		dyo
kwa						
gwa						
						wo

瓜子老師的

「記住了會（也許）有幫助的日本事物」

之2

和室的細部名稱。雖然不太會使用到，但記住了有時也可能會派上用場。（像是帶外國人參觀寺廟時？）

解答 >>>

①障子（しょうじ） ②敷居（しきい） ③鴨居（かもい） ④床の間（とこのま） ⑤床柱（とこばしら） ⑥襖（ふすま）
⑦欄間（らんま） ⑧長押（なげし） ⑨天袋（てんぶくろ） ⑩違い棚（ちがいだな） ⑪地袋（じぶくろ）

插圖：佐藤史子

義大利人來到日本才知道的

車站月台上的圓圈記號與排隊人群

配合記號停車的電車以及月台或處處可見整齊排隊的人群無不令人吃驚啊

塞巴斯伽諾・賽拉費尼

第9章

離別的季節

是近還是遠

我來自中國的濟南
就在北京附近
但查了地圖之後發現
說是北京附近
但也相當於東京與大阪的距離啊……!!
中國人的「近」還真遠啊
果然是地大物博
就像這樣，每個國家的距離感各有不同
澳洲人的「近」也其實很遠喔
好比說與人交談時最適當的距離

一般的日本人
住在都市的澳洲人
在鄉下務農的澳洲人
就與日本有很大的不同
不過由於我長期待在日本早已習慣日本的距離感了
前陣子回澳洲時
好久不見啊！
何時回來的？
好像太遠了吧
昨天剛回來啊
移動
喔—是喔
他退後了!!
驚
感覺自己好像變成很臭的人
當然不臭啊

日本的歌曲

※〈敬仰師恩〉，也是台灣的〈青青校樹〉

竊竊
私語
老師!!
我們決定好了!!
大家都聽過
而且都會唱的
日本歌曲!!
大家的國籍或生活
都不盡相同
真有這樣的歌曲嗎
ヨドバシカ○ラ
(日本知名的電
器用品連鎖店)
的歌!!
カメラは
ヨドバシカ○ラ
(買相機就到
ヨドバシカ○ラ)
駁回
什麼~

畢業

※畢業典禮
卒業式※
多數日本語學校
並不像日本一般學校那樣大家同時入學、同時畢業
既有達成目的即畢業的學生
櫻花開了
也有僅短暫停留的人
當然也有又出又進的人
雖有畢業典禮
但諸如感傷落淚這樣的場景
還是有的啊啊啊

也有學生穿著民族服飾出席
會場籠罩在華麗的氣氛中
咦？弟弟怎麼沒有穿呢？
幫姊姊穿就已經分身乏術了
那麼這次畢業的學生們
有這幾位

趙（中國）
進入研究所就讀
被選為畢業生代表

金氏姊弟（韓國）
兩人一起通過日本語能力測驗一級
凱旋歸國

王（中國）
進入大學就讀

拉加（印度）
進入大學的資訊學系就讀

路易（法國）
儘管學科沒問題
但術科技巧不足
無法進入想讀的美術大學
暫時回國

金（韓國）
進入大學理科學系就讀

黃（中國）
進入大學就讀

歐鏞多魯夫爾・穆夫賈葛爾（蒙古）
進入服飾相關專門學校就讀

安東尼歐（義大利）
進入研究所就讀
專研佛教

※正確應該說「大変お世話になりました（承蒙您的照顧了）」，「大きなお世話」則是多管閒事。

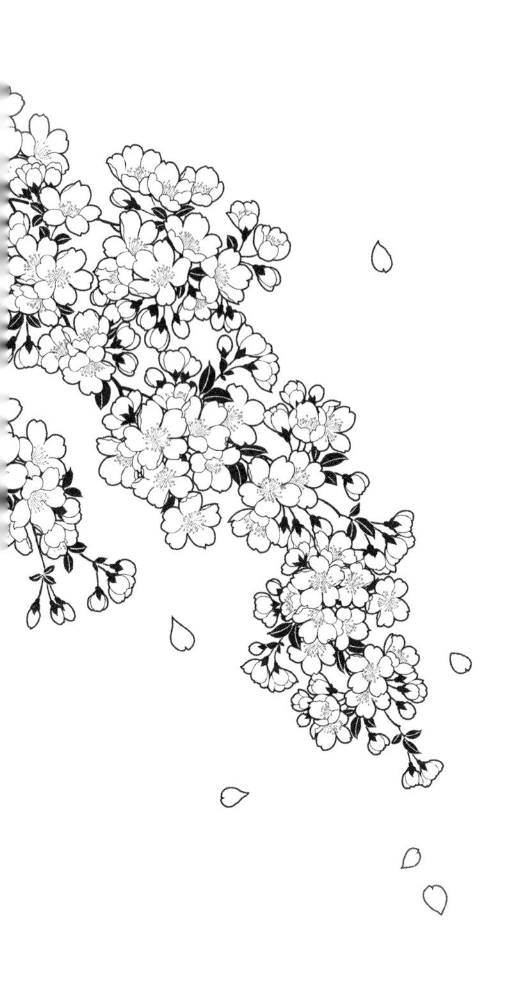

【電話1】

【電話2】

嗶嗶嗶

是大衛打來的

外國人朋友

他很有禮貌很少會在大半夜打來

ハイ 蛇蔵です（我是蛇蔵）

おやぶん恐れ入ります（老大，惶恐至極）

我是親分（老大）嗎

我明白你在「夜分（深夜）」前想要加個お的心情

EXAMS 09 >>>

挑戰看看！日本語測驗

外來語

以下1～4是以漢字標示出的外來語，請寫出讀音。

1) 護謨

2) 鞦韆

3) 燐寸

4) 瓦斯

解答 >>>

1) ゴム：橡膠。夏目漱石也寫入小說《少爺》等作品中。

2) ブランコ：鞦韆。單獨一個「鞦」或「韆」，即有「鞦韆」之意。語源是來自於擬態語的「ぶらり」、「ぶらん」。也有人認為是來自於葡萄牙語的balanço。

3) マッチ：火柴。明治初期以前又稱為「早付木（はやつけぎ）」、「擦付木（すりつけぎ）」。

4) ガス：瓦斯。「瓦」有時也會讀為「グラム（公克）」。

ア是朝日的ア！

已經是很久以前的事了，我曾聽一位在旅行社工作的朋友說，「在公司為了避免誤聽，會採取『A是able、B是baker』的這種說法」。因為預約飛機票等需要姓名，以電話連絡時卻有可能會把「さとう」聽成「かとう」。此時若說：「シュガー（sugar）エイブル（able）タイガー（tiger）オーバー（over）」，就絕對錯不了。這是各取每個字的字首來表示一個詞的方法。

這是旅行社的例子（也許不是所有旅行社都一樣），當然其他諸如銀行等也有不同說法。

以漢字為例，通常可以透過以下步驟來確認。「かわむらです（我是かわむら）」、「どのような漢字ですか（是哪個漢字呢）」、「さんずいの『河』です（三點水的『河』（因為かわむら，有可能是川村或河村）」。如果平假名也能利用這樣的確認方式，該有多方便呢。沒想到，還真的有啊！

那就是所謂的「和文通話表」。以無線電等通話時為正確表達文字，就必須借用「和文通話表」，第一百三十八頁的表格是「總務省令無線局通用規則別表第5號」。

其中的「桜のさ（櫻的さ）」、「もみじのも（紅葉的も）」固然浪漫，但例如：「るすい※のる」，有些人不免會皺眉：「『るすい』到底是什麼啊？」

如果能避免選用不容易聽懂的詞彙，改以小學程度、大多數人能聽懂的詞彙，或許會更方便吧。

※留守居（るすい）＝留守番（看家者）

歐文通話表
フォネティックコード
（Phonetic code）的例子

※這是某旅行社所使用的，也有其他不同說法。

Able	エイブル
Baker	ベーカー
Charlie	チャーリー
Dog	ドッグ
Easy	イージー
Fox	フォックス
George	ジョージ
How	ハウ
Item	アイテム
Jack	ジャック
King	キング
Love	ラブ
Mike	マイク
Nancy	ナンシー
Over	オーバー
Peter	ピーター
Queen	クイーン
Roger	ロジャー
Sugar	シュガー
Tiger	タイガー
Uncle	アンクル
Victory	ビクトリー
Willy	ウィリー
X-ray	エックスレイ
York	ヨーク
Zebra	ゼブラ

和文通話表

ア	朝日のア	イ	いろはのイ	ウ	上野のウ	エ	英語のエ	オ	大阪のオ
カ	為替のカ	キ	切手のキ	ク	クラブのク	ケ	景色のケ	コ	子供のコ
サ	桜のサ	シ	新聞のシ	ス	すずめのス	セ	世界のセ	ソ	そろばんのソ
タ	煙草のタ	チ	ちどりのチ	ツ	つるかめのツ	テ	手紙のテ	ト	東京のト
ナ	名古屋のナ	ニ	日本（にっぽん）のニ	ヌ	沼津のヌ	ネ	ねずみのネ	ノ	野原のノ
ハ	はがきのハ	ヒ	飛行機のヒ	フ	富士山のフ	ヘ	平和のヘ	ホ	保険のホ
マ	マッチのマ	ミ	三笠のミ	ム	無線のム	メ	明治のメ	モ	もみじのモ
ヤ	大和のヤ			ユ	弓矢のユ			ヨ	吉野のヨ
ラ	ラジオのラ	リ	りんごのリ	ル	るすいのル	レ	れんげのレ	ロ	ローマのロ
ワ	わらびのワ	ヰ	ゐどのヰ			ヱ	かぎのあるヱ	ヲ	尾張のヲ
ン	おしまいのン								

之3

凪子老師的
「記住了會（也許）有幫助的日本事物」

儘管最近「以Email取代書信」的人居多，但收到信還是挺令人窩心。在第5章「信的書寫格式」中已提到信的寫法，以下舉例示範信封的寫法。

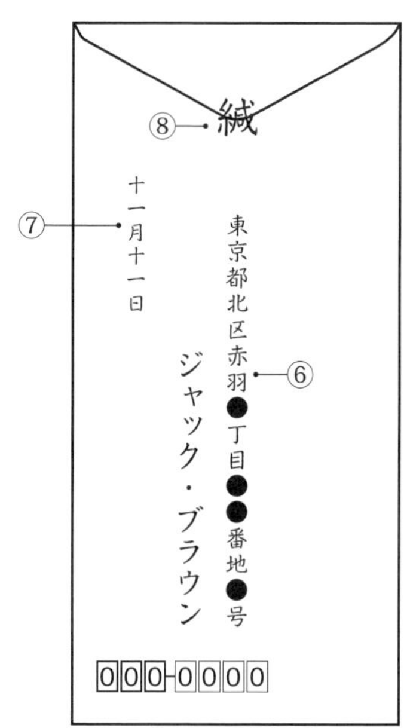

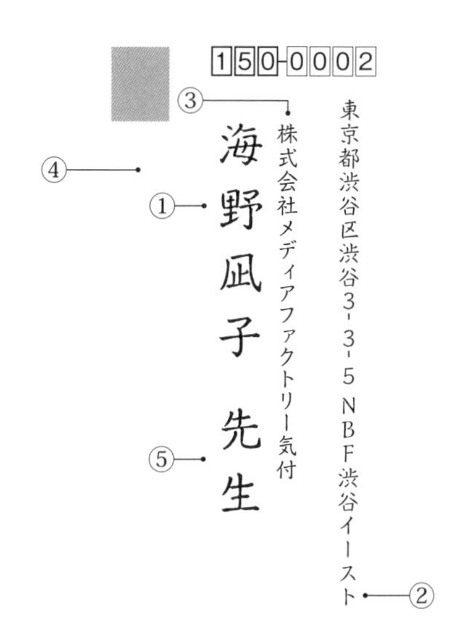

①收件人寫在信封正中央，而且字體要大。　②地址不要超出收件人尊稱之下太多。　③「気付（轉交）」，用於信件寄到工作單位或暫時停留的地方時。「〇〇様方」等的轉交者敬稱，要獨立寫在一行。　④親展・至急・写真在中（親展、急件、內附照片）等要寫在郵票下，字體略小。　⑤公司或團體等單位的尊稱是「御中」。　⑥自己的地址寫在中央偏右、或是中央的位置。名字則寫在左側，字體比地址略大。　⑦日期寫在信封左上方、比地址略高的位置。　⑧封印處可以寫上「〆・封・緘」等。

澳洲人來到日本才知道的
廁所的拖鞋
咦!?
知道進日本人家裡要脫鞋子
但是這個拖鞋……
那個拖鞋……
玄關、廁所、陽台
為什麼都得換上不同的拖鞋!?
克拉彭
WC

第10章 之後

一直在意的事

有時我也會和畢業生去吃飯
那要約什麼時候呢？
不准說「今度(こんど)」喔！
他們認為日本人的「今度（下次）」是不可信的
那麼下週五呢？
好!!
大家聚在一起，但不知為何有個不認識的人也在現場
保持笑容
是誰啊!?
即使滿懷疑問還是高高興興結束了聚餐
之後
老師覺得上次那個男生如何呢？
他說他滿喜歡老師的耶
難道那次是相親嗎——!!
回來學校玩

之後的活躍發展

畢業後有些學生會保持聯繫
但也有些是在無意之間才知道後續情況
接下來我們要介紹活躍於新創企業的學生
來自韓國的留學生金同學
以他獨特的專利技術……
啊啊啊啊
看到了嗎!?他看起來朝氣蓬勃，真是太好了〜〜
看到了看到了!!
提到朝氣蓬勃
我去京都的朋友告訴我在寺廟被一個叫安東尼歐的義大利人搭訕啊
朝氣蓬勃就是最好的了

然後

學校消失了嗎!?
嚇
跑到外面
學生呢!?
屁子老師呢!?
早安
怎麼不進去呢?
哇啊啊啊啊
什麼事啊
不見的其實是日本語學校下面一樓的公司
害我嚇死了~
有這種老師我也嚇到了
來
快進去吧
新來的學生正等著我們呢!!

【拜託】

※殺して是殺害的意思

【好想吃吃看】

※「冷し（ひやし）中華」是中式涼麵

EXAMS 10 >>>

挑戰看看！日本語測驗

月分的別名

以下A～L是各月分的別名。
以平假名在（　）寫下讀音，並連到相符的月分。

A）卯月（　　　　　　　　）・　　　　　　・1月
B）睦月（　　　　　　　　）・　　　　　　・2月
C）師走（　　　　　　　　）・　　　　　　・3月
D）葉月（　　　　　　　　）・　　　　　　・4月
E）長月（　　　　　　　　）・　　　　　　・5月
F）皐月（　　　　　　　　）・　　　　　　・6月
G）霜月（　　　　　　　　）・　　　　　　・7月
H）文月（　　　　　　　　）・　　　　　　・8月
I）神無月（　　　　　　　）・　　　　　　・9月
J）弥生（　　　　　　　　）・　　　　　　・10月
K）水無月（　　　　　　　）・　　　　　　・11月
L）如月（　　　　　　　　）・　　　　　　・12月

解答 >>>

A）卯月　うづき——4月
B）睦月　むつき——1月
C）師走　しわす——12月
D）葉月　はづき——8月
E）長月　ながつき——9月
F）皐月　さつき——5月
G）霜月　しもつき——11月
H）文月　ふみづき・ふづき——7月
I）神無月　かんなづき・かみなづき——10月
J）弥生　やよい——3月
K）水無月　みなづき——6月
L）如月　きさらぎ——2月

敬意遞減的法則

「貴方（あなた）」、「貴女（あなた）」、「貴社（きしゃ）」、「貴校（きこう）」等這些加上「貴」字的詞彙，大多數都是禮貌的用語，但「貴様（きさま）」卻是辱罵對方時的用詞，不能如同敬語般使用。不過在中世末至近世初期間，這個詞彙卻出現在武家的書簡等，且是具有敬意的。演變為用於下位者，是近世後期以後的事了。像這種原本具有敬意的詞彙，隨著時間演進，敬意卻漸漸變淡的過程，就稱為「敬意遞減的法則」。

失去敬意的詞彙，就難以再做為敬語了，於是又會出現新的詞彙，以做為表示其意的敬語。此外，敬語的重疊使用，有時是因為企圖表達出更加慎重的敬意。例如：「おっしゃられる」被認為是不正確的二重敬語，其實單單「おっしゃる（説）」就是尊敬語了，但感覺還不成敬意，於是又加上了「れる（尊敬）」。

在這個資訊化社會的時代，由於詞彙的快速變化，也許有朝一日二重敬語也會被視為「正確的敬語」吧。（或是在那之前，敬語會先被消滅？）

就連我擔任日本語教師的期間，原本教科書的説法是「花に水をやる↓〇・～あげる↓×（給花澆水）」，但如今也有教科書訂正為「花に水をやる↓〇・～あげる↓〇」。

提到「敬意遞減的法則」，我還想起與其有關的一件事。有學生問我：「老師，現在的日本男性，化妝的人是不是很多啊？」我回答：「雖不是完全沒有，不過也還不到很多的地步啊！」再仔細一問究竟，原來是「車站的廁所竟標示著『男子化粧室（男子化妝室）』」。

也許是單純因為女廁標示為「女子化粧室」，所以男廁也一併加上了「化粧室」，但也或許是因為這樣的變遷啊：「便所（廁所。嗯——感覺似乎太直接了）↓お手洗い（洗手間。還是太普通，難道沒有更優雅的説法嗎？）↓化粧室（對了，就是這個！）」

西班牙人來到日本
才知道然而事實並非如此的

被爐桌

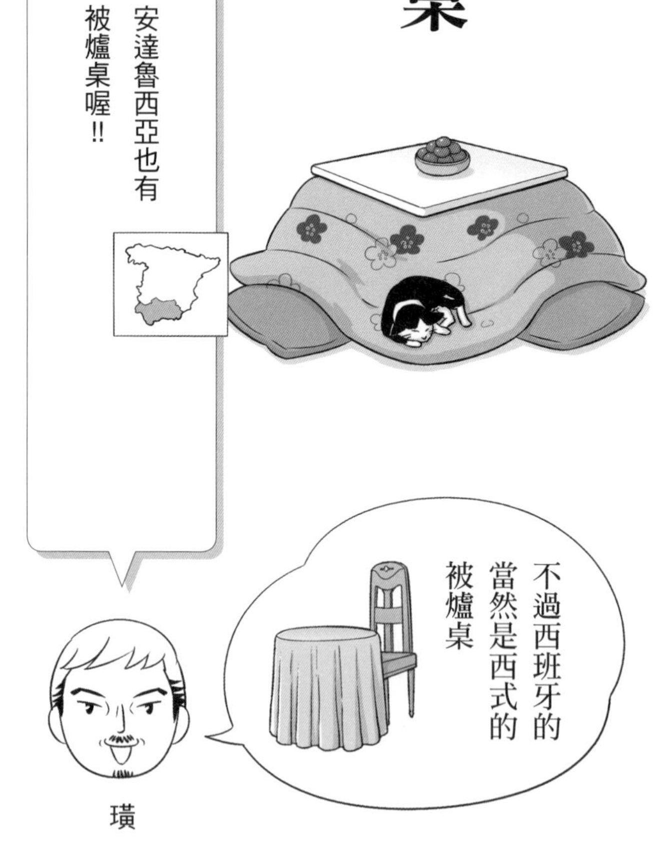

第11章 番外篇

開始的開端

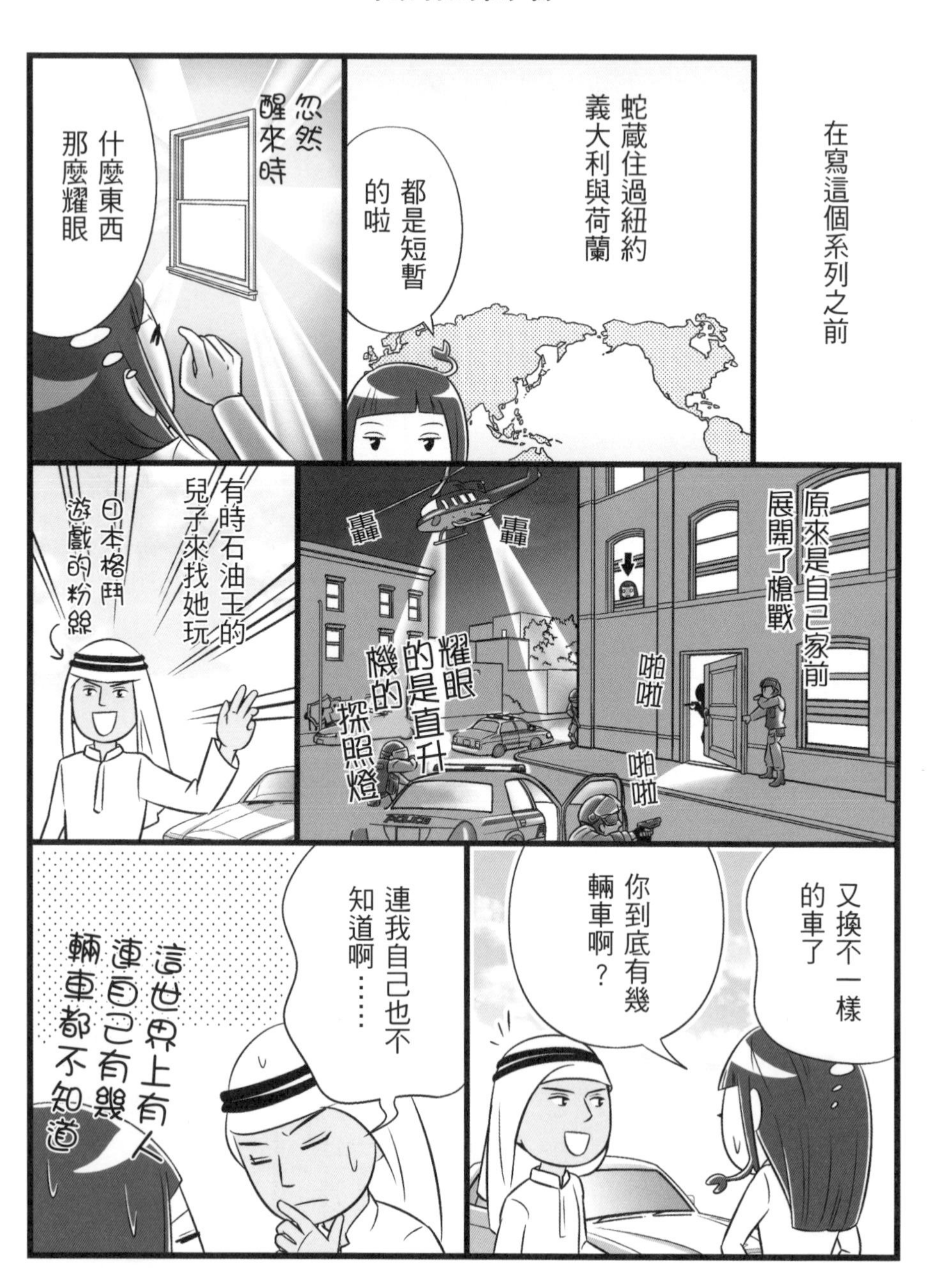
在寫這個系列之前
蛇蔵住過紐約義大利與荷蘭
都是短暫的啦
忽然醒來時
什麼東西那麼耀眼
原來是自己家前展開了槍戰
啪啦
啪啦
轟
轟
耀眼的是直升機的探照燈
有時石油王的兒子來找她玩
日本格鬥遊戲的粉絲
又換不一樣的車了
你到底有幾輛車啊？
連我自己也不知道啊……
這世界上有人連自己有幾輛車都不知道

這還不算什麼我可是自己去買東西
我爸爸是用眼睛買東西
用眼睛買東西？
就是他只要盯著看，佣人就會幫他買單
什麼那如果盯著店員看呢!?
就這樣體驗了不同的世界
這是很酷的意思
也認識了許多喜歡日本的外國人
※
我會說些日本語喔!!
「ソニープレイステーション!!（Sony Play Station任天堂）」
這也是日本語喔？
※體質寒冷
回國後
想以日本與世界為主軸寫些什麼啊
然後就認識了凪子老師不停地說服她
嗯但是我不會寫漫畫的腳本耶
這個人好有趣啊!!
沒關係!!我可以採訪妳然後再畫成漫畫!!
這也就是這系列漫畫的開端

【参考文獻】

常用国語便覧 改訂版（2009）｜加藤道理，岩井尭彦，白石克己，田所義章，塚田義房，濱松俊男，山本伸二（編）

日常生活の分野別　日本語表現便利帳（2007）｜小笠原信之／専門教育出版

日本語学～母語のすがたと歴史～（2009）｜杉浦克己／財団法人放送大学教育振興会

はじめて読む日本語の歴史～うつりゆく音韻・文字・語彙・文法（2010）｜沖森卓也／ベレ出版

日本語史（2007）｜沖森卓也（編）／おうふう

日本語百科大事典（1995）｜金田一春彦（編），柴田 武（編），林 大（編）／大修館書店

句読点、記号・符号活用辞典。（2007）｜小学館辞典編集部（編）／小学館

新しい国語表記ハンドブック第五版（2005）｜三省堂編修所／三省堂

国語大辞典（1982）｜尚学図書／小学館

新明解国語辞典第五版（2000）｜金田一京助，山田忠雄（主幹），柴田 武，酒井憲二，倉持保男，山田明雄／三省堂

大辞林第三版（2006）｜松村　明（編）／三省堂

似た言葉使い分け辞典ー正しい言葉づかいのための（1991）｜類語研究会／創拓社出版

ことばと文化（1973）｜鈴木孝夫／岩波書店

日本語の世界 1 日本語の成立（1980）｜大野 晋／中央公論社

日本語の世界 6 日本語の文法（1981）｜北原保雄／中央公論社

大野晋の日本語相談（1995）｜大野晋／朝日新聞社

みんなの日本語事典（2009）｜中山緑朗，陳 力衛，木村義之，飯田晴巳，木村 一／明治書院

日本語能力試験1級試験問題と正解 平成16～18年度（2008）｜日本国際教育支援協会・国際交流基金著・編集／凡人社

日本語教育能力検定試験 第13回～第15回 傾向徹底分析問題集（2003）｜アルク日本語出版編集部／アルク

日本語文法演習 敬語を中心とした対人関係の表現ー待遇表現 上級（2003）｜小川誉子美，前田直子

圃とわが生涯・前期（1969）｜間宮不二雄／不二会

広辞苑（1966）｜新村 出（編）／岩波書店

ヴァーチャル日本語役割語の謎（2003）｜金水 敏／岩波書店

担当編集　羽賀さん

クララさん（ブログ「八百八町」http://eighthundredandeighttowns.typepad.com/）

桂かい枝師匠（「英語落語 日本の笑いを世界へ」http://eigo-rakugo.com/）

ケイレブ・ジェイムスさん（オフィシャルHP　http://kalebjames.com/）
マサヨ・ジェイムスさん

セバスチァーノ・セラフィニーさん（オフィシャルHP　http://www.sebastianoserafini.com/）

金水敏先生

ガンさん
佐野こずえさん
瀧野敦夫さん
松田千博さん
グラハムさん
フィリップさん
山崎澄子さん
まさにゃん
嬉野君さん
アダムさんとベンベンさん
ロランさん
千葉大とその仲間たち

ゲント大学の皆さん
ニーハウス先生
トルンパ先生
ウィーン大学の皆さん
国立東洋言語文化大学（フランス）の皆さん

宮崎正美さん
K.Tanakaさん
Toyomoさん
吉田cさん

兎子先生
カンナさん
フォーゲル ひろみさん
籾島さん
ゆきさん
ユリアさん
芳江ちゃん
りえさん

学生の皆さん
紀ちゃん
家族

【後記】

《日本人也不知道的日本語3》還有趣嗎？

這次還是多虧了許多人的幫助，第三集才終於能順利出版。
真的非常謝謝大家。

我想任何語言都是如此吧，愈是研究調查，愈能有更多發現。
我深切地感覺到，所謂的詞彙，只要有人使用，
就會有所變化，並隨之改寫了其歷史。

與過去慢條斯理的書信往來比較，
在這個通訊機器發達的時代，也許詞彙的變遷更顯得快速吧。
不過，我想「日本語」的本質還是不變的。

我個人認為「日本語」
是溫柔、沉穩的語言（不過的確有些麻煩的地方）。
日後我也希望讓更多人了解「日本語」。

海野凪子

不認為「差異」是「討厭」的事，
而是「有趣」時，
許多事都會變得輕鬆愉快了。

懷著這種心情所展開的這本書，
終於也來到了告一段落的時候。
過去以來費心協助的各位，真的非常感謝你們。

接下來的海外篇
我也會努力，希望能帶給讀者歡笑。

另外，除了日本語系列之外，
我也預定著手創作
要保護自己、所應該具備的日本法律知識漫畫，
希望大家可以邊笑邊輕鬆學習法律常識。

日後也請多多指教啊。

蛇蔵

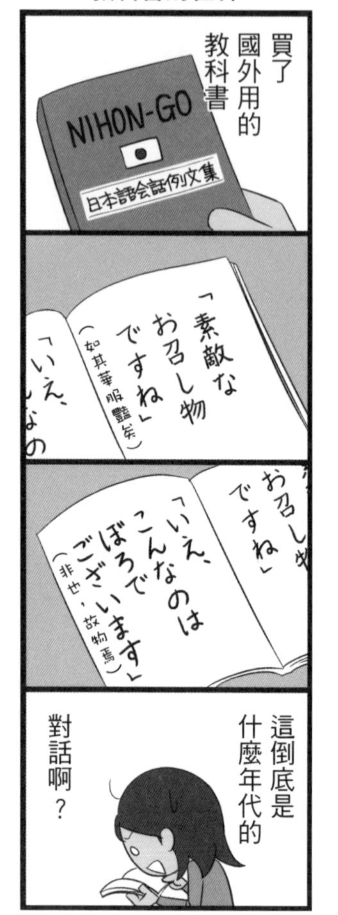

熱銷中

日本人也不知道的日本語 ①&②

量詞、單字、敬語、人物對話、書信書寫、文化歷史……學會連日本人都會對你說「讚」的正確日語

日本人也不知道的日本語2

日本人也不知道的日本語1

每冊定價260元

NIHONJIN NO SHIRANAI NIHONGO / Nagiko Umino / Hebizo

Edited by MEDIA FACTORY
First published in Japan in 2012 by KADOKAWA CORPORATION, Tokyo.

國家圖書館出版品預行編目資料

日本人也不知道的日本語(3)：敬語、人物對話、書信書寫、文化歷史……學會連日本人都會對你說「讚」的正確日語／蛇蔵、海野凪子著；陳柏瑤譯. -- 初版. -- 臺北市：麥田出版：家庭傳媒城邦分公司發行, 2014.08
面；　公分. --（滿分學習；7）
ISBN 978-986-344-151-9（平裝）
1. 日語　2. 讀本
803.18　　103014137

滿分學習　07

日本人也不知道的日本語(3)：

敬語、人物對話、書信書寫、文化歷史……學會連日本人都會對你說「讚」的正確日語

作　　者／蛇蔵＆海野凪子
譯　　者／陳柏瑤
選 書 人／林秀梅　鍾平
責任編輯／林怡君、賴雯琪、李靜宜

副總編輯／林秀梅
編輯總監／劉麗真
總 經 理／陳逸瑛
發 行 人／凃玉雲
出　　版／麥田出版
城邦文化事業股份有限公司
台北市100台北市中山區民生東路二段141號5樓
電話：(02)25007696　傳真：(02)25001966
部落格：http://blog.pixnet.net/ryefield
發　　行／英屬蓋曼群島商家庭傳媒股份有限公司城邦分公司
台北市民生東路二段141號11樓
書虫客服服務專線：02-25007718・02-25007719
24小時傳真服務：02-25001990・02-25001991
服務時間：週一至週五09:30-12:00・13:30-17:00
郵撥帳號：19863813　戶名：書虫股份有限公司
讀者服務信箱E-mail：service@readingclub.com.tw
歡迎光臨城邦讀書花園　網址：www.cite.com.tw
香港發行所／城邦（香港）出版集團有限公司
香港灣仔駱克道193號東超商業中心1樓
電話：(852) 25086231　傳真：(852) 25789337
E-mail：hkcite@biznetvigator.com
馬新發行所／城邦（馬新）出版集團【Cite(M)Sdn. Bhd.】
41, Jalan Radin Anum, Bandar Baru Sri Petaling,
57000 Kuala Lumpur, Malaysia.
Tel: (603) 90578822　Fax:(603) 90576622
email:cite@cite.com.my

美術設計／江孟達工作室、董嘉惠
印　　刷／鴻霖印刷傳媒股份有限公司

■2014年（民103）8月　初版一刷　　Printed in Taiwan.

定價／260元

ISBN 978-986-344-151-9